中短篇小说选第一辑

主编：郑润良 符浩勇

断桥

吉君臣 ◎ 著

黄河出版传媒集团
宁夏人民出版社

```
图书在版编目（CIP）数据

断桥 / 吉君臣著. —银川：宁夏人民出版社,
2017.11
（中短篇小说选 / 郑润良，符浩勇主编. 第一辑）
ISBN 978-7-227-06795-5

Ⅰ.①断… Ⅱ.①吉… Ⅲ.①中篇小说—小说集—
中国—当代②短篇小说—小说集—中国—当代
Ⅳ.① I247.7

中国版本图书馆 CIP 数据核字（2017）第 295648 号
```

中短篇小说选（第一辑）　　　　　　　郑润良　符浩勇　主编
断　桥　　　　　　　　　　　　　　　　　　　吉君臣　著

责任编辑　王　艳
责任校对　李彦斌
封面设计　格　林
责任印制　肖　艳

黄河出版传媒集团
宁夏人民出版社 出版发行

出 版 人	王杨宝
地　　址	宁夏银川市北京东路139号出版大厦（750001）
网　　址	http://www.nxpph.com　　http://www.yrpubm.com
网上书店	http://shop126547358.taobao.com　　http://www.hh-book.com
电子信箱	nxrmcbs@126.com　　renminshe@yrpubm.com
邮购电话	0951-5019391　　5052104
经　　销	全国新华书店
印刷装订	泰安市恒彩印务有限公司
印刷委托书号	（宁）0007196

开　　本	690 mm × 960 mm　　1/16
印　　张	14.5
字　　数	173 千字
版　　次	2018 年 1 月第 1 版
印　　次	2018 年 1 月第 1 次印刷
书　　号	ISBN 978-7-227-06795-5
定　　价	34.00 元

版权所有　侵权必究

目录

窗外阳光灿烂 …… 111

无关爱情 …… 120

断　桥 …… 142

戒　酒 …… 158

寻　找 …… 169

硝烟中飞过一只灰鸽 …… 183

等待今天 …… 193

阿　昌 …… 101

票　决 …… 111

第一次 …… 119

国　画 …… 131

春天不再 …… 148

市长得女儿 …… 163

道在天涯 …… 176

窗外阳光灿烂

一

肖雪晴下午没有去陈红娟家打麻将，任凭陈红娟怎样打电话叫她，她都不去。

她一直坐在客厅沙发上。她设法说服自己，今天及以后，杨水木下班回家时，不再下楼去为他打开大院的铁门。

六点过十分，肖雪晴听见杨水木的宝马轿车刹停在大院门口的声音，随后是杨水木和以往一样，按车喇叭，是叫她打开大院铁门的意思。她无动于衷。其实，她已经上百次下决心无动于衷了，只有这一次她付诸行动了。

肖雪晴和杨水木已经同居三年，还没有结婚。三年来，杨水木让肖雪晴每天只干三件事：第一件事是煮饭炒菜。这件事肖雪晴自认为干得马马虎虎，不敢说称职，也不算失职，她煮的饭，炒的菜，还勉强合杨水木的口味。第二件事是打麻将，这件事肖雪晴表现得就差多了。到底差到什么程度，她说不准。但是她打了三年麻将，还没有弄明白什么叫杠，什么情况下抢杠。牌友陈红娟老笑话她天生就缺了麻将的细胞。每每这时，肖雪晴总是非常坦率地说，我真的努力了，只是没法上麻将瘾。但也很怪，肖雪晴打麻将总的来说不是一个输家。陈红娟认为，这是肖雪晴牌运好。肖雪晴却认为，关键是自己放得开。肖雪晴不像陈红娟和王花若她们那样，总是变着法儿刮情夫的油。肖雪晴当杨水木的情人之前，她是杨水木的秘书。杨水木追求她两年多之后，他说他要娶她当老婆，肖雪晴才答应搬进这幢别墅和杨水木过同居生活。肖雪晴打麻将纯粹是为了消闲，输赢杨水木实报实销。赢了她从来不少报一块钱，输了她也从来不多报一块钱。杨水木很了解肖雪晴。他总是忘不了适时地拍拍肖雪晴的肩膀，说："雪晴，你真忠诚，忠诚得好可爱好可爱。"虽然这句话杨水木说了不下一百遍。但每每听见杨水木这样说，她还是激动万分。肖雪晴每天干的第三件事比较简单，就是在杨水木上班和下班的时候，为杨水木打开别墅大院铁门，好让杨水木不用下车就把车开进开出。这件事开始时肖雪晴干得挺欢，她甚至等杨水木把车开进车库放好后，和杨水木一起走上二楼。但是这件事干得时间长了以后，她发现要干好实在不易。不仅要有很强的责任心，还要有很强的时间观念和耐心。肖雪晴肯定地说，她每天干的三件事中，干得最好的是第三件事。有事实为证：去年六月一个雨天的下午，她去陈红娟家打麻将，那天真是邪了门，她的手气特别好，一个下午打了三个大令，她几乎每一个小令都和上一两局，还登上了几次庄。正在兴头上，墙上的挂钟咚咚敲响了六下。肖雪晴的心马上一紧，没有任何犹豫地就把麻将牌盖了下来，说："不打了。"

这下可把陈红娟给惹火了。陈红娟责问："咋了？是不是赢了就不打了？"

王花若和另一个牌友也责问道:"这局牌太差了是吗?"

肖雪晴很尴尬地说:"六点钟了,再过十分钟杨水木就下班了,我得回去为他打开大院铁门。"

陈红娟是那类心直口快的人,她火气冲天,骂道:"肖雪晴,你到底是杨水木的什么人?是准老婆吗?是情人吗?是佣人吗?什么都像!什么都不像!"

肖雪晴羞得面红耳赤。她站立起来吞吞吐吐地说:"对不起了,我得回去了。"

陈红娟自然不依,她说:"至少也得打完这局牌再走。"

肖雪晴急忙说:"半局都不行。"说罢,也不管牌友怎样说,拔腿就往家里跑……

肖雪晴干的第三件事,显然是很称职的。但是此时,她却无动于衷。任凭杨水木在门口怎样按车喇叭,她就是无动于衷。是不是陈红娟的话刺痛了她呢?肯定不全是。肖雪晴从来不在乎别人怎样说,她只在乎杨水木是否真心爱她。但是当她静心想想,联系到发生过的一些事情,她对杨水木有了许多疑惑。她对自己每天干的事情,同样也有了许多疑惑。

二

三个月前,也就是七月初的一天,天空下着暴雨,夜里还刮着大风。吃过晚饭,洗完澡后,杨水木亲热地拍拍肖雪晴肩膀,说:"我得出去了,有笔生意要谈,已经约定好了时间。"

杨水木的车刚开出别墅,陈红娟就打来电话。

陈红娟问肖雪晴："你出去跳舞是吗？"

肖雪晴反问："去哪里跳舞呢？"她确实想出去玩。刮风下雨停了电，在家连电视都没得看，实在无聊。

陈红娟有点奇怪地问："哦，你不知道吗？不是杨总请的客吗？而且是王海大酒店歌舞厅呢。"

肖雪晴马上反应过来了。开始时，她的情绪有些激动，后来自尊心让她冷静了下来。她说："我给忘了呢，水木说过了。但我有事，就不去了。"

陈红娟说："刮风下雨停电，在家连电视都没得看，你还能有啥事？"其实，她已猜到几分，接着说："我得劝你了，别老关在家里了。你真的不怕老不跟着杨总，有一天杨总会被别的女人拉走吗？"

肖雪晴心里有股苦水往上涌。她苦笑说："我真的有事，水木已经走了，你赶快和你那个苏生任去王海歌舞厅吧，水木在那里等你们呢！"

陈红娟忍不住了，她大声说："肖雪晴，我横竖结交你两年多了，你别骗自己了。"说到这里，她几乎是叫喊道："今夜跳舞的事，杨水木横竖就没有告诉你，你当我是傻瓜是吗？我问你，杨水木和你同居三年了，咋还不和你结婚？他每天叫你只干三件事，那是啥意思嘛？说白了，杨水木没把你赶出去，是因为你有一张漂亮的脸蛋，能上台面。杨水木太了解你了。你不像我们，你不会对他怎么着。"

肖雪晴不想再说话，随陈红娟爱怎么说就怎么说。但是这天夜里，肖雪晴的心好痛，她独坐在沙发上发呆。她就这样在黑暗里呆呆地坐到深夜两点多钟，直到杨水木按车喇叭叫她开门时，她才回过神来。她没事似地从二楼走下一楼，走到大院门口，为杨水木打开铁门。肖雪晴没有披雨衣。家里只有一件雨衣，放在杨水木车上。雨水就像瀑布一样，肖雪晴撑的雨伞没能遮挡住雨，她的衣服、头发，都被雨水打湿了。杨水木还是像以往一样关心她，但是她发现杨水木的关心有些夸张。这夜，她没有一点儿睡意。她辗转反侧。她认为，陈红娟看得很清楚，说得也很尖锐，但是她主张难得糊涂。不过，她一直想着一个问题：杨水木车上有雨衣，下那么大的雨，而且已经是深夜，他为什么不自己开门？他为什么不自己开门呢？肖雪晴想这个问题想到天亮。打那以后，她就坚持认为杨水木应该自己开门，她也下决心不再为杨水木开门。但每一次听见杨水木按车喇叭的声音时，她又不自觉地走下楼为他打开大院铁门。

上个月，也就是八月，也是一个雨夜，大约十一点钟，杨水木把他的秘书章亚妮带回家里。章亚妮人长得很漂亮。当然比起肖雪晴来，就显得逊色多了。肖雪晴的美，是那种圣洁的美，高贵的美。肖雪晴认识章亚妮，她来过家里，一同吃过饭。章亚妮是肖雪晴之后杨水木的第三任秘书。杨水木对肖雪晴说，亚妮宿舍漏雨，今晚就在这里过夜。肖雪晴认为，这是很平常的事，况且几个卧房都是空着的。但是睡到深夜，杨水木以为肖雪晴睡着了，他起床，轻手轻脚走到章亚妮睡的卧房，两个人在那间卧房里很投入地做爱。肖雪晴很想走到那间卧房去，当面责问几句，但她认为自己没有那种权利。她是杨水木的准老婆吗？记得陈红娟还连续问，是情人吗？是佣人吗？肖雪晴后来还加了一问，是杨水木别墅看护人吗？她没有了责问杨水木和章亚妮的勇气。她轻轻地翻了一次身，放清耳朵静听杨水木和章亚妮做爱时摇动席梦思床的节奏声。她忽然问自己，我怎么没有一点妒意呢？她还奇怪地想，睡在自己的床上听别人做爱也是一种乐趣，好像还是种享受。

次日早上起床后，杨水木问肖雪晴夜里睡得咋样。肖雪晴淡淡地笑笑说，睡得很香甜。章亚妮说，雪晴姐，在你们这里睡实在舒服，睡了一夜连一个梦都没做。肖雪晴本想说几句风凉话什么的，但话说出口，却连她也感到别扭："这里好睡，那么以后你就搬过来睡好了。反正这里的卧房空着也是空着。"章亚妮说，雪晴姐真好。肖雪晴心里说，我好什么呀好，如果我好了杨水木还把你章亚妮带回家里过夜？

三

杨水木在大门口不停地按车喇叭，就是不见肖雪晴下楼为他开门，他的脸上有了几分愠怒，他知道肖雪晴在家里。杨水木不停地问，肖雪晴今天怎么了？他又连续按了几下喇叭，仍未见肖雪晴的影子。他这才下车，从手提袋里取出钥匙，打开铁门，把车开进车库。他怒气冲冲地走上二楼，使劲按门铃。肖雪晴依然坐在沙发上无动于衷。她反复告诉自己，决不能动摇。

杨水木把钥匙插进锁孔，用力右扭，猛地把门推开，见肖雪晴没事似地坐在沙发上，他火气冲天地责问："你死了么？怎么叫你开门你不开？"

"我没有死啊！我活得好好的呐！"这句话是早就想好了的，包括语调都是想好了的。

"你为什么不开门？"杨水木走到肖雪晴跟前继续责问。

"你有钥匙，你为什么非要我开门？"

"你不开门你干什么？"杨水木愤怒地问。

肖雪晴不想再说话，她不知道说什么。她一直在忍耐杨水木。她上百次问过自己，难道是为了爱情？为了富裕的物质生活？为了日后在朋友圈里把头抬高一点？肖雪晴想弄明白，但总是弄不明白，因为没能弄明白，她就天天重复干着这三件事。

"咋不说话呢？"杨水木盛气凌人。他把手提袋扔在沙发上，松开领带。

肖雪晴如此这般镇定自若，这大大出乎杨水木的意料之外。她轻声问杨水木："我真的还用得着说话么？"

过去，只要杨水木发脾气，她就成了一只羔羊，一个劲儿地在杨水木面前赔不是。不过每每那时，她心里总在问，我肖雪晴还是肖雪晴吗？但不容多想，又不自觉地去讨杨水木的欢心。然而今天，她很平静，平静得像一潭水。

杨水木依然盛气凌人："你想怎么着？你到底想怎么着？"他把头抬高大声说："你肖雪晴能怎么着？"

此时的杨水木，没有一丁点儿总经理的风度，过去他总是把自己装扮成绅士。

肖雪晴还是细语轻声："我只想你应该自己开门，你的口袋里有钥匙，根本没有必要老等着我去为你开门。"肖雪晴说话的语调不快不慢，语气平和，就像她第一次去杨水木公司应聘时一样。肖雪晴的这种表情，这种语气，这个说话节奏，杨水木印象深刻。

杨水木有几分怒气："你肖雪晴能怎么着？我量你肖雪晴也不能怎么着！"

肖雪晴不想再说话。她能说什么呢？三年了，她每天只干三件事，这幢别墅以外的事情她懂多少呢？

杨水木见肖雪晴不说话，似乎更火了。他心里想，肖雪晴今天邪门了，咋一下子硬挺起来了？他大声吼道："你是过腻了是吗？真的不想过了是吗?"

这话明显带有挑衅。当然,也含有威胁成分。过去杨水木有不顺时,也说过类似的话,但肖雪晴不在乎,今天她却十分在意。她慢慢地从沙发上站立起来,说:"你自个儿去放水洗澡吧,我去收拾碗筷吃饭。"肖雪晴说着就去了厨房,把杨水木晾在客厅里。

杨水木怒发冲冠,他冲着肖雪晴背后叫喊道:"不想过了就拉倒,明天就散伙!"

肖雪晴从厨房里端着饭菜走到餐厅,放好后,轻轻的却非常坚定地说:"随便。"她抬眼看了一眼杨水木,像是刚认识杨水木似的,说:"我所做的一切你并不领情啊!"她停了一下,接着说:"你老说你爱我,不全是啊!"

杨水木大声问:"你做了什么?你做了什么呢?你还不是为了……"

肖雪晴没等杨水木说完,她愤怒地喊道:"杨水木你够了。"

喊完,她心里好痛。她一下子明白了杨水木。她本想要大声再喊叫几句,但她很快把火气压了下来。她调整情绪后说:"我实在过腻了,咱们散伙吧!"

杨水木愣住了。他实在不敢相信他面前站着的是肖雪晴。他说:"散伙了你能活下去?"

"那是我的事。"

杨水木伸手抓住肖雪晴胳臂,问:"你到底想怎样?是谁对你说了什么?"

肖雪晴双眼盯在杨水木的脸上。她想读透这张脸,但她得承认,杨水木这张脸很难读透。有时候,她自以为读懂了,但又不知道杨水木的笑,哪一次是属于真的笑。她说:"请你放开我。"

杨水木放开了肖雪晴。

肖雪晴说:"我可以告诉你,没有人对我说什么,我只是想你应该自己开门,你应该动手做你能做的事情,你为什么不自己开门呢?你从车上下来打开铁门要比我从二楼下去方便得多,特别是,在刮风下雨的时候。当然,开个门是件小事,不如你把章亚妮带回来过夜的事大。但从开门这件事,我却看见了很大的事情,包括你的灵魂。"她看见杨水木的脸红得像烧虾,她继续说:"我一直在问我自己,你叫我每天只干三件事,能干一辈子吗?即便能干一辈子,那么我这辈子就只会干三件事了。"说到这里,她提高嗓音说:"散伙吧,早晚都有这一天,我全明白了,当初你留下我当你的秘书,后来又拼老命追求我,是因为我有一张漂亮的脸蛋。我的存在,能够满足你的私欲和你那廉价的虚荣心,我……"

没等肖雪晴说完,杨水木就举起右手,在半空中划了一个圈,再划第二个圈时,那手掌重重地落在肖雪晴脸上,紧接着,他大声喊:"你给我滚,现在就马上滚出去。"

肖雪晴脸上立即现出一个巴掌印。她没有哭。她认定有这一天是上帝对她的惩罚。她强笑着问杨水木:"你不打了?这三年我交的学费实在太贵了,但值得。"

杨水木气得一句话都没有说出来。

四

肖雪晴在表姐陈桂月家住了一个来月。她的父母都不在海滨市。陈桂月是在海滨读大学后留下来的,自己开办了一家"桂月贸易公司"，赚了不少钱，但至今还独身一人。肖雪晴从杨水木那幢别墅搬出来后，她想找一份自己想干、能干，且能干好的工作，但就是没法找到。陈桂月为她联系了几家公司，叫她先去干了再说，但她就是不想去。也许有了杨水木的经验，她对公司里的那些老总们有了很深的成见。

陈桂月说："依你的条件，也只能干老总的秘书，别的行当，你不一定干得好。"

肖雪晴说："我想再研究一下自己，我还没有充分把握自己。"

陈桂月很不高兴地说："那你就研究吧。不过不能在我这里白吃白住，你知道吗？留你下来就算是很大的人情了。"

肖雪晴坦然地笑笑说："我知道，伙食费住宿费我会交的。"她看了看陈桂月，提高声音说，"我的表姐，你可千万别小看我呀，杨水木低看了我的生存能力，其实，他对我的了解，只是一面。你要知道，我的长相是不错的，外表给人一种柔弱、诚实、可靠的感觉。你不觉得这也是一种资本吗？"

陈桂月愠怒地说："这就是你研究的结果？"

肖雪晴做了个鬼脸，说："不是现在才研究的结果。真的，请表姐放心，我决不会走到街边上去卖笑的。"她加重语气说，"决不会。我想，我敢于走出杨水木那栋别墅，那么我就会设法活得比过去好，你不信是吗？"

"别天真了。"陈桂月依然有些愠怒，"你跟杨水木三年了，咋还没有长大呢？"

"我自认为长大了。我走出那幢别墅就说明我长大了。"

"那可能是爱的死亡，不是你已经认识了自己的价值。"

肖雪晴沉默了。她的胸口有些痛,但很快就消失了。她说:"你要对我有信心,真的,要有信心。"

陈桂月说:"我对你有没有信心是小事,你对你自己有信心才是关键。"

肖雪晴沉默片刻后说:"你能借我一笔钱吗? 按高利贷结息。"

陈桂月问:"你跟杨水木到现在,难道身上没有几十万元?"

"没有。我是空手出来的。"

"我看你真是傻到家了,怎么白白陪杨水木玩了三年。不,是当了三年长工。"

肖雪晴不吭声。

沉默了一会儿,陈桂月问:"你要钱干什么?"

"我还没想定,但是钱是一定要的。"肖雪晴停了停,接着说:"我要做事情,而且想独立去做事情,就像你一样。"

陈桂月脸上愠怒的表情消失了许多。她想,肖雪晴还真的有另外一面。她也好,杨水木也好,都还没有读到。就凭这,她想把钱借给她,算是赌一回。她说:"你出去找事情做好了,我会借钱给你的。你要是做成事了,收回本金就行。要是做不成事儿,按高利贷收息。你说呢?"

肖雪晴笑笑,她知道表姐会帮她的。她说:"利息按银行同期计算,浮动百分之五,能定么?"

陈桂月想了想说:"不是已经定了吗?"

肖雪晴笑着说:"那就多谢表姐啦!"

陈桂月是个很干脆的人,她不想再多说什么,看都没看肖雪晴一眼,走进了自己的卧室。

五

肖雪晴给陈红娟打电话,陈红娟正在摸麻将。

肖雪晴问:"有新脚了么?"

陈红娟不是很热情地说:"难找脚呐,老是三缺一。你什么时候回来呢?"

肖雪晴在电话里沉默了一小会儿,说:"不想回去了,那地方我住不起啊!"

"别傻帽了。在杨水木这里有得吃有得花有得玩。一个女人图什么呀?要不是你那张脸蛋,那机会还能轮到你?"

肖雪晴说:"说正经事,你和我摸了三年麻将,我想问你一下,你判断我干什么好?换句话说,我能干什么呢?"

陈红娟不客气地说:"你当花瓶最好,是日本式的花瓶。"

肖雪晴叹了一口气说:"我特想成立一个时装供销公司,你说怎么样?"

"别做梦了,我的肖雪晴傻妞儿,当杨水木的花瓶挺不错的。但是千万要跟着他出去,别让他老放荡就是了。"陈红娟说到这里,语调提高一点说,"别以为我看不起你,像你这人胆小如鸡,还想在社会上争角色?"

肖雪晴心里有些痛,好像有根针在刺。她没有想到自己给那群麻友的印象居然是一个胆小如鸡的弱女子。她坚定地说:"我真是那样想啊,尤其是现在。"

"你有钱吗?你有能力吗?我才认识你肖雪晴是吗?你肚子里的尿水有多少我陈红娟还不知道吗?"

肖雪晴在电话里笑了起来，她说："我想今后让你知道我那些你还不知道的一面。正经的，你在文化局那里不是有个旧相好吗？"

陈红娟有些无可奈何的样子："真的要干？"

"还有假吗？"

"我那个旧相好是在文化局，但没职没权。你想办证？"

"是那样。办时装供销公司得经文化局批准才成。"

"那就过些天，我打电话问问，如果能办就告诉你。"

肖雪晴忙着说："最好是现在就问。你别放下电话，你告诉我你那旧相好的电话号码，我按功能键，通了咱们三个人一起谈。"

陈红娟告诉肖雪晴她旧相好的电话号码，还告诉了姓名，他叫苏军。不多一会儿，肖雪晴就拨通了苏军的电话。陈红娟只搭了个桥，肖雪晴拿出最热情、最富女性温柔的口吻，和苏军谈了办时装供销公司的事。

肖雪晴说："我的时装供销公司要干三件事——时装表演、时装销售和时装裁制，也叫一条龙吧。因为有时装表演这一项，算是特殊行业，否则是不会通过文化局的。"

苏军在电话里连说知道以后，开始吞吐起来。

陈红娟大声说："苏军，你咋这样吞吐呢？肖雪晴可是我的姐妹，不能不给面子呀！"

见苏军吞吞吐吐，肖雪晴很快就定了决心，她说："这样吧，今晚，我在中国城请你和陈红娟吃火锅，你们可要赏脸哟。"

苏军没有说话。

陈红娟说："苏军你哑巴啊？好歹也是朋友一场！"

肖雪晴乘机说："是了苏军，给个机会不可以吗？"

苏军说话了。他说:"那好吧,我把田局长带去,中国城吃火锅恐怕不一定行,能否改到望海大酒店吃西餐?"

肖雪晴马上说:"就定在望海大酒店吃西餐,下午六点准点到,一定来啊!"

苏军和陈红娟都表态一定准点到后,肖雪晴松了一口气。

六

肖雪晴长到这个岁数,还没有正经八百吃过这么多苦。这段时间,她算是累到家了。她原以为只要文化局批准后就可以招兵买马了,没想到,文化局那里办完证后,还有公安局特种经营许可证,工商、税务、城建、环保、卫生、消防等,总共十来个管理部门的证件都得办,缺一不可。肖雪晴跑完这些证件,用去了一个半月,找过四十多个人,花了六万多元。在这个过程中,杨水木开始时设了不少障碍,后来知道阻止不了了以后,他托陈红娟劝肖雪晴回到那栋别墅,并说,假如肖雪晴回他那里,他就和她结婚。杨水木也给肖雪晴打过电话,赔了不是,说,如果她回到他身边,随她便,想干什么干什么,要是想回公司管理一个部门也行,还答应,要是肖雪晴回公司,他马上就辞掉章亚妮。

肖雪晴曾经有过动摇。她想,还没干起来就这么多事了,日后的事情不知还有多少。但是她的思想给陈桂月看到了。陈桂月说:"要是真的不想干的话不勉强,何必折磨自己呢?"

肖雪晴脸面红得像烧虾。就在那一瞬间,她想到过去三年的生活,她清晰地记起杨水木那盛气凌人的模样,陈红娟那群麻友怀疑的目光,还有那不恭的口吻,她坚定了干下去的决心。

肖雪晴说:"我想干下去,你怕我偿还不了钱是吗?"

陈桂月不吭声。

肖雪晴说:"请你对我有信心。"

陈桂月看了肖雪晴几眼,在客厅走了几个圈圈之后,说:"你应该有所变化,变得坚强起来。"停了一会儿后,她接着说:"别依靠男人,特别是像杨水木那样的男人。自私自利,把女人当花瓶。假如你真的要回到杨水木身边,你比过去还贬值。"陈桂月说完就进了卧室。

肖雪晴坐在沙发上发呆。窗外的路灯闪闪烁烁,行人依然匆匆忙忙,几乎每一个人都在为生计忙碌着。肖雪晴忽然想,忙碌其实是一种幸福。因为忙碌使人充实,充实就是幸福啊!想到这,肖雪晴站起来,走进陈桂月卧室。

陈桂月正低头写日记,见肖雪晴走进来,生硬地说:"你怎么这样不懂事,进来了要敲门嘛!"

肖雪晴尴尬地笑笑,说:"我想问你,我托你找的那个梅田时装设计师有着落了没有?"

陈桂月本还想奚落肖雪晴几句,但见肖雪晴尴尬地站立着,口气变得温和了些。她说:"找过了。梅子姐是愿意来跟你干的,条件是,她用她的无形资产入股,也就是说,她用她的技术和名望,占总股份的百分之二十五。她管时装设计及模特培训与表演,其他事项由你总管。如果你同意的话,随叫随到。"

肖雪晴没有一点儿思想准备,她是想单干的,没料到梅田会提出入股这个条件。肖雪晴说:"这么说来,梅子姐一进来就已拿走八万元了?"

"是那样。换句话说,你拿八万元把她买进来,而且这八万元还要在你这里增值。"

肖雪晴想了很长时间后问："你的钱能借我多长时间？"

陈桂月说："我的钱借给你不应该存在时间问题。但是你要是和梅子姐合股的话，利息得按月结清。"她从凳子上站起来，走到肖雪晴跟前，说："抓住梅子姐，你不会错，别看重这八万元。生意大家做，钱大家赚。梅子姐一旦入股了，因为有股份，她就更卖力了。说到底，你还是赚大头。我创业时比你艰难多了，至少没有像你现在这样，一下子就能借到这么多钱。我不是走出来了么？"

肖雪晴说："你约一下梅子姐，明天一起吃早餐。在东湖宾馆。我已租下了市织锦研究所展览大厅，我的办公室在二层，时装设计就在展览大厅里，织研所的服装厂我也承包下来了。明天上午，有十多个小姐应聘时装模特，请梅子姐明天来，来我这边一起干。"

听肖雪晴这么说，陈桂月的脸上总算有了点儿笑容。她说："看你还有点儿像那么回事。"她拍拍肖雪晴肩膀，说，"我叫梅子姐明天和你吃早餐，具体的事项你和她谈，说句实在话，'雪晴时装供销公司'筹备到这份上，实在不易。我想，我对你的投资或许不会是一个错。真的，我对你比过去有信心了。哦，我现在还要做事，你去睡吧。"

肖雪晴说："表姐你看问题很少有错。不过，我还得说一句，请你对我有信心，我已经没有了退路。"

陈桂月笑笑。

肖雪晴走回了自己卧室。她很想睡一个好觉，几个月来，她没有一天睡过好觉。但不知咋的，她总是睡不着觉。杨水木昨天下午去织研所找过她，她当时正忙着接收服装厂的工人，没空，也没兴趣与杨水木说话。杨水木等了她一个下午。杨水木请她一起去吃晚饭，她不去。杨水木说："我真的很爱你啊雪晴。"

肖雪晴清楚地记得，杨水木说他爱她时，他的表情很真诚，就和杨水木初次向肖雪晴求爱时的表情一样。记得第一次看见杨水木这种表情时，肖雪晴曾经激动得几天几夜都没睡着。甚至在以后的三年里，肖雪晴每次听见杨水木说爱她，且表情还是那样真诚时，她的心即使窝很大的火，也会被这种表情融化了。然而昨天，肖雪晴听见杨水木说他爱她，那表情同样很真诚时，她却增添了几分疑惑：为什么时间推移了，年岁增加了，杨水木的表情却没有变？杨水木为什么还来找她呢？肖雪晴越往深处想，就越觉得糊涂，脑子里像一碗玉米粥，直到天快亮，肖雪晴才肯定地说，杨水木的表情是练出来的。杨水木的表情因为是练出来的，就不是内心世界的表白。不是内心世界的表白，就说明那表情是假的，至少有水分。肖雪晴进一步想，杨水木之所以来找她，是因为杨水木什么都不缺，就缺她这个花瓶，一个纯净圣洁的花瓶。这个花瓶，既能显示他的身份和地位，又能表现他的尊严。肖雪晴充当这个角色是再合适不过了。想到这一层时，肖雪晴闭上了眼睛，眼眶里溢出了两颗晶莹的泪珠。

七

三年多来，肖雪晴好像还没有这样高兴过。

陈桂月为她找来的梅子姐，实实在在是个人才。她来雪晴时装供销公司后，真正把公司的建设和发展当成自己的责任。从模特的培训与表演，到时装展览与销售，乃至实用型时装的剪裁与缝制，梅子姐都很在行。尤其是前天上午召开新闻发布会，她帮助办公室主任安排得有板有眼。新闻发布会是成功的。海滨市分管财贸系统的胡副市长，还有相关处室的处长、主任都参加了发布会。《海滨晚报》第二天就发了头版头条新闻。胡副市长和肖雪晴在时装展览大厅握手的彩色照片，几乎占了晚报二分之一的版面。海滨市电视台晚间新闻播报了新闻发布会的消息。肖雪晴特别感谢电视台剪接人员。她清楚地记得，在新闻发布会上，面对众多领导、新闻记者、镁光灯、麦克风，她很紧张，说话老卡壳，不连贯。但是电视台播放她讲话的镜头时，她说话的口气、手势，还有连她自己也没有弄清楚什么时候曾经有过的笑脸，都非常有老总的风度和气魄。不是吗？陈红娟看完新闻后，马上打来电话向她表示祝贺。

陈红娟说："电视上的肖雪晴真的是你吗？"

肖雪晴反问道："不像是肖雪晴是吗？"

陈红娟哈哈地笑道："真有点儿怀疑那是肖雪晴，但实实在在是肖雪晴。嘿！千万别忘了咱们曾在一起打过麻将哟！"

肖雪晴本想说，哪能忘记呢？那是我一生中最无聊的三年。可是她说出口的话却是："是的。我怎能忘记你呢？等忙过这阵子，我就过来和你打上几个大令。"说到这里，她把调子提高，"这回我可不用急着回去为杨水木开门了。"说罢，肖雪晴自个儿哈哈大笑起来。电话那头，陈红娟也哈哈大笑起来。

陈红娟评价自己说："麻将我是打出水平来了。"她好像是对肖雪晴，又好像是对自己说："我这辈子恐怕只会打麻将了。"

肖雪晴开玩笑说："那也是一技之长呀！你是有一技之长的人呐！"

陈红娟在电话里大声笑起来。肖雪晴也开心地笑了，但是那笑声所包含的内容，却不像过去在一起打麻将时那样单纯了。

挂了电话，肖雪晴坐在沙发上，她想顺一下思绪，同时也想等陈桂月回来后了解一下新闻发布会的效果。她相信，陈桂月是会说真话的。但是等了很长时间都没见陈桂月回来，就上床睡觉了。

次日早上，杨水木打来电话，他说："祝贺你啊雪晴。请相信这是真心的祝贺！"

肖雪晴原本不想说什么，她想挂断电话，但又觉得那样不是很好。她说："有事吗？我特忙，这是当老总的人都知道的！"

杨水木问："开张那天，我派人送去的两盆紫薇看见了吗？"

"谢谢了。就说这件事是吗？"

"我真的那么让你讨厌吗？"杨水木说，"咱们聊聊不行吗？"

"我不是说我特忙吗？要是你没有别的事我就挂电话了。"

"雪晴，"杨水木急忙地、几近哀求地说，"你真的没有必要太辛苦。我还是那句话，我真心希望我们和好。我们和好了，你想干什么就干什么。你在陈桂月那里借的钱，我马上就还给她。说真话，你不一定能成功。你懂社会了吗？你懂市场了吗？你能抓住梅子姐吗？更何况是管理。"

肖雪晴很冷静。她尽量和缓地说："我想，我既然已经走出了这一步，那么，我就得坚定地走下去，我别无选择。"

"你有选择。你有很大的选择余地，那就是我们……"

没等杨水木说完，肖雪晴打断了他的话说："那是你至今仍有的最大误解！我挂电话了。"她不容杨水木再说什么，挂断了电话。

肖雪晴没留意，窗外的天空猛得如此晴朗，阳光如此灿烂。

无关爱情

一

手机嗖嗖连续响了几声，这是信息声。我心里头犯嘀咕，这么晚了，谁发的信息？有急事吗？打开看，是王小葩发的：

伪君子，你把我的爱情还给我。

你很假，假透了。你说今晚来陪我，我一直等。现在已经是深夜十二点多了，料你已把我忘记了。

呵呵，此时，一定和黄脸婆在床上疯狂作乐了吧！

总有一天，我会让你后悔莫及！

总有一天，你会付出代价！

……

我不想往下看了。

王小葩太任性。我说过，得给我时间，我会设法和娄桂芝离婚。她为我生了一儿一女，总不能说离就离吧？况且，当年她嫁给我时，遭遇了多大阻力?她爹妈极力反对她嫁给我。为了阻止她和我约会,甚至把她关进房子里一个多月。娄桂芝是那类很自主的人。她认准的事,要干就干到底,绝不会半途而废。她爹妈为了让她对我死心,为她找了个富家公子,但是她把他轰走了。后来她爹妈没招了,就把她赶出了家门。

那是冬天的深夜。娄桂芝拖着一个帆布箱,装满衣服和日用品。但是从家里出来后,她却懵了。她不知道去哪里。那时候,我和她什么都还不是,她怎么来我家?她去了长途汽车站,她想去省城打工,但是末班车已经开走了。她想开宾馆过夜,但是想到今后还得过日子,就打消了念头。她决定在车站里等到天亮了再走。那天深夜,要不是来了三个吸毒仔要对她实施抢劫,她绝对不会给我打电话。我在电话里听见她哆嗦的声音,二话不说,马上骑自行车赶去汽车站。才进到汽车站广场,就远远看见三个吸毒仔持着尖刀,其中的一个正与娄桂芝争夺行李箱。我大声吆喝,干什么?三个吸毒仔转头见我人高马大,身强力壮,正向他们冲过去,可能以为我的后面还有人,那个抢行李箱的家伙放开手,狠狠抽了娄桂芝一记耳光,然后一起拔腿跑了。

娄桂芝激动得泪流满面,一下就扑向我,紧紧地抱着我,好像不抱紧我,我就跑了似的。

我把娄桂芝带回家里住下。

我家很穷。我爹和我娘都是下岗工人。我和妹妹唐星衲隔两岁。我上大三,她上大一,每年学费就得花三万多元,还要吃饭,还要买日常生活用品。为了我和妹妹能够完成学业,我爹到处借钱,因为家里穷,人家怕还不起,不给借。没办法,我爹买回两个自行车轮子,请人焊接一个简易车架,放上几块木板,上街拉货,一天能挣个十来二十元钱。我娘去宾馆干洗碗工,一个月能挣个千把块。爹娘就这样艰苦地支持我和妹妹读完大学。大学毕业后,爹对我说,毕业了,要是能考公务员就考公务员,咱家一没钱,二没人,啥事都办不成。我说我不想考公务员。我爹想了三天三夜,对我说,儿子,你说的也是,咱就干别的,没啥的,这些年咱都过来了,你大学毕业了,先找份工作干着,有好的机会了再说。这样,我就去找了一家物流公司,说,我能吃苦,搬货送货这类事我能干。老板打量了我好长时间,见我长得结实,就说,你干吧,一起干,大学生又咋了,不都是干活挣钱才有饭吃的么?就这样,我在这家物流公司当了员工。

我们全家四口人窝在一间四十平方米、两房一厅的平房里。这是我爹妈下岗前所在的印刷厂分的。厨房在平房的前面,每户一小间,厕所只有一个,在中间位置,公用。下岗工人其实大多都是五十多岁的人了,找工作很难,几乎都靠打零工过日子。这个年龄段的人,上有老,下有小,养家糊口都困难,哪有钱买商住房?因此,基本上都窝在厂里。因为大家都很穷,生女儿的还能嫁出去,生儿子的找老婆就很艰难。在当时,我能追到娄桂芝,特别是厂里的人知道我追到的是城建局局长的千金时,一下子炸开了锅,都把羡慕的目光投向我。可是现在,我的事业有发展了,家境好起来了,我却要和娄桂芝离婚,这咋说得过去呢?但是王小葩逼得厉害,我真不知道怎么办是好。

二

我和娄桂芝相识相爱其实是缘分。

娄桂芝网购一张电脑桌。我给她送货。她家住市政府大院宿舍楼三号楼十二层C座六〇三室。那天天气奇热,又遇电梯维修。我把电脑桌扛上十二层时，上气不接下气，汗流浃背。

娄桂芝接到送货电话后，打开房门等我。她有一点儿内疚，说，好没有运气啊，遇上电梯维修。

我说，是的，好霉气。但是当我看见她长得清秀，那双水灵灵的大眼睛笑着看我时，我内心深处有一股热气往上涌。心想，这一趟累得好值。

娄桂芝见我看她走了神，就说，累了可以坐一会儿再走。她还调皮地笑着说，家里没人，你不会对我无礼吧？

我当然高兴，就坐在她家客厅的沙发上，说，你看我的样子像是那种人么？

娄桂芝笑着说，要是像了我还敢请你坐？

娄桂芝给我冲了杯咖啡，说，冲茶得煮水，我看你累的，估计你也没时间坐多久，就冲速溶咖啡，不介意吧？

我赶紧说，不介意，有喝就好。

她冲我笑笑，好甜的笑意。

不知咋的，我一坐，一聊，就聊了半个多小时。她说读职校，毕业后在城建局当出纳，挺没劲的。

我说，知足好。我读的可是叫得上名的大学，而且是这所大学叫得响的给水排水专业，咋的，现在还不是送货郎！

娄桂芝目不转睛地看着我。很久后，她细语轻声说，看起来有个好爸爸真的很重要。

我趁机发了一大堆牢骚怪话，好痛快，就像身上很脏，洗了个热水澡，好舒服的感觉。

要走时，娄桂芝问我愿不愿意留给她手机号码。呵呵，我巴不得的呀。

娄桂芝说，要是有空了，晚上去海边喝个啤酒什么的其实蛮不错的。

我说，是呢，海边那海风，月亮洒在海面上，远处夜航的轮船上灯光闪烁，那夜色，很诗情画意的。

后来，我和娄桂芝几乎每天晚上都去海边喝啤酒，吃烧烤。再后来，我们谈恋爱了。再后来，她被她爸妈赶出家门。她无路可走时，住到我家，我们结婚了。

结婚后，我很拼命。娄桂芝说，我们得拼命，因为我们只能靠自己。更为现实的是，我们得生孩子，得买房子。

我不多说话。我在物流公司一干就是八年，我从员工拼到了部门经理的职位，年薪从四万元，提高到二十三万元。后来，娄桂芝鼓励我单干，她辞职和我一起干。我成立了"快达得物流公司"，生意真得不错，几年下来，资产一年一个台阶。现在是全市最大的物流公司。

王小葩大学毕业后，来我的公司应聘。人事部部长陈主普说，王小葩很灵活，眼下李景秘书就要休半年产假了。他建议招聘王小葩顶替李景的秘书工作。我说，人事的事由他来定。这样，王小葩就被公司招聘了。

王小葩真的很能干。她到公司才半年多，就彻底把我俘虏了。她已经为我打过三次胎。她逼我离婚，可婚姻的事能说离就离吗？

三

我睡到九点多钟才起床。

老婆娄桂芝亲自为我做早餐。她煮了一杯巴西咖啡，煎了一个单面鸡蛋，烤了一块英式面包。她说，一天的热量已经足够了。

我说，桂芝，以后你就别辛苦了，早餐这类事保姆做。老爸老妈的早餐，也让保姆做。我提高嗓子，很不高兴地说，你怎么还跟以前一样呢，一天到晚干个不停。

娄桂芝说，没事的，想着我们过穷日子的时候，这算辛苦吗？

我说，那是过去。你怎么老说过去？

娄桂芝说，不能不说的。我们要是把过去受穷的日子给忘记了，那说明我们的心变了。心是不能变的。心变了，我们或许就走向失败了。

娄桂芝这话是一语双关？难道她已经知道我和王小葩的事了？

很重要的一个细节是，她说完话，看都不看我，就起身走了。

我很烦。我觉得娄桂芝很唠叨。真的不想和她说话，就像做爱一样，一点儿都不想和她上床。但是又怕引起她的怀疑，所以总是拼命地伪装，如此，我的心很累。王小葩说，你要是不想心累，就赶紧离婚。她鼓励说，要大胆地走出阴影。什么阴影？封建婚姻思想的阴影。现代人嘛，既然爱了，就大大方方地爱，爱得轰轰烈烈，不要管别人说什么。为了爱，要敢于牺牲一切。

王小葩这话我是怀疑的。如果我不是快达得物流公司的老总，如果我没有那么多的资产，你王小葩会这样缠着我吗？你王小葩不一定的。但是经历已经证明，娄桂芝会为爱情牺牲所有。

其实，王小葩把问题想得简单了。婚姻的事不是儿戏，说结婚了就结婚，说离婚了就离婚。社会很现实，婚姻就是柴米油盐，父母子女，亲戚姐妹，仁义道德，你不能不考虑这些。况且我能有现在，有一半都是娄桂芝的功劳。她嫁给我，就以我为中心，不是有一种说法，一个成功的男人背后都站着一个甘愿牺牲自己的女人吗？娄桂芝就是这样的女人。但是我也说不明白，自从和王小葩上床后，我的心就给她勾引走了。其实，我原先也不想和王小葩上床。她一直暗示。她每天有事没事都进我的办公室。没人时，她就走到我的背后，说，为我松一松肩膀。后来她就越来越大胆，说要为我按摩腰身，按着按着，就按到不该按的地方去了。再后来，我带她出差，我和她就睡到一起了。

王小葩是不想第三次打胎的。她说，她要留下孩子，这是爱的见证。我说，你还年轻，二十多岁，政府又不给多生，你得给我时间，我要是真的和娄桂芝离婚了，你想什么时候生就什么时候生，没人阻挡你。我还说，你要是把我的孩子生下来，我老婆娄桂芝知道了，她的性格，她多半马上和我离婚，这当然中了你的意。但是她为我生了一男一女，这要分割财产的。你想一想啊，你什么名分都没有，我分得的财产，肯定比他们少，你愿意吗？王小葩想了几天，她自己去把孩子拿掉了。

第三次打胎后，她问我，你为什么说要是真的？你是不是还没拿定主意和黄脸婆离婚？说着，她就哭了。王小葩哭的时候，我想，娄桂芝从不轻易哭的。那年她爸妈把她赶出家门的时候，在车站，我把吸毒仔赶跑以后，她泪流满面，但那不是伤心的眼泪，也不是委屈的眼泪。刚开办公司的时候，有一次，货物特别多，人手少，她亲自上阵。有一件家私很重，她没扛住，掉落砸在她的脚板上，鲜血哗啦啦往外流。她痛得脸发白，上牙咬着下嘴唇，咬出了血，但是她硬是没流下一滴眼泪。

可是王小葩就经常哭。有一次，我带她去香港，她想买一款黑褐色方格LV提包，六万六千元。我问她，在我们的小城市，你提这样的提包不危险吗？她以为我不让她买，睁大眼睛看着我。我赶紧说，这和金钱无关，和安全有关。她不信，她盯着我，眼泪溢满她的小眼睛。店主趁机说，先生啊，对女人是要表达爱的嘞，买不买贵重包包给自己的女人是衡量你爱不爱你的女人的嘞。

我真想骂狗屁。但是我不想把脸面丢给港人，立马刷卡买了包包。

我知道，我是中了店主的激将法。但是我必须上当。我不上当，王小葩愿意走吗？

四

王小葩好像已经改变了策略，她专门在夜间给我打电话、发短消息。娄桂芝睡眼惺忪问，有事吧？有事也得等白天再处理呀。

娄桂芝肯定猜到了什么，她是先给我放鸽子，把证据弄足，然后算账。

我把手机关了。每天下班回家后，我的第一件事就是关掉手机。

我对货运部经理说，夜间的来货，本市的货物肯定等白天才能派货。转运的货物，贵重的物品只要是包装没问题，值班助理可以处理。有疑点的，非急件的，等到白天处理。是急件的，直接拨我家固定电话。

我这一招，基本上阻止了王小葩夜间的打扰。我在还没有考虑成熟要不要和娄桂芝离婚，或者以什么方式和娄桂芝离婚之前，我得要保持家庭的相对稳定。儿子唐小伯和女儿唐小雅都在读高中，决不能给他们造成负面影响。从心理学的角度分析，犹豫不决，愿意站在他人一边考虑问题，不愿意直接伤害他人感情，具有这种性格的人，一般小的时候家庭生活都比较穷苦。我就是属于这一类人。王小葩逼我离婚，在她面前，我说一定离，但很自然地又加上一句，得给我时间。王小葩骂说，给你多长时间了，要是第一个孩子生下来，现在都上小学了。这个时候我多半不吭声。她想把离婚的事闹大。她说，她要亲自上门找娄桂芝谈论离婚的事。她胆子真的够大。娄桂芝是那类坚强、敢爱敢恨、柔中带刚的女人，你王小葩除了一张脸，懂得使手段勾引男人之外，你有什么？当然，哪个男人不想和漂亮的女人上床？但是你王小葩想闹大，甚至故意夜间给我打电话、发短信，你不怕娄桂芝把你撕成条块？我是个男人，我会有一点儿担当。对王小葩，我会负一点儿责任！谁让她长得这么漂亮呢！娄桂芝呢，长得也不错，但是……反正我也说不清。

五

　　我老爸突然脑中风住院，其实差一点就死了。不是说富人才患这种病吗？穷人整天劳累，流血流汗，几天吃不上一块肉，哪有油沉积在血管壁上呢？没有油沉积在血管壁上，血压血脂能升高吗？这些指标不升高，医生不是说不会，或者很少得心脑血管病吗？是不是这几年发财了，娄桂芝让老人家吃得太好，就像水道，一下子流进去太多的水，这些水里有太多的杂质，杂质让水流不动了，水管就破裂了？

　　我生硬地问娄桂芝，你怎么搞的，是不是给老人家吃得太好了？整天大鱼大肉哪能不生病的。

　　娄桂芝不说话。其实她说不出来，或者不想说，或者在医生面前她不说，或者我老妈和妹妹在场她不好意思说。但是她的眼睛盯了我很长时间，眼神里充满着绝望。

　　我说，你盯我干什么，难道不是吗？

　　她依然不说话。

　　老妈骂我说，唐星其，你什么意思？你欺负小娄是吗？你要是欺负小娄，我跟你没完。

妹妹唐星妠好像也看不惯我的做派，说，哥，你怎么这样？你这是哪家门子的逻辑？老爸老了不是这个病就是那个，这很正常，能怪大嫂吗？

在场的医生护士都用异样的眼光看着我。我心里有一点儿虚。我知道我为什么在这种场合发脾气，我这是故意找娄桂芝的茬，我要给她这个好媳妇的形象抹上一点灰尘，要是日后我真的和她离婚了，也不至于招来太多的非议。

老爸躺在病床上，他可能听见我说的话了，他的手动了动，心电图明显跳动得比先前得快。

医生说，人太多，太吵了，留下一个人，其他的人都出去。

我是儿子，当然是我留下来。我说，我留下，你们都出去。

老妈用怀疑的目光看着我。一会儿后，她转脸对娄桂芝说，桂芝，辛苦你了！你留下，很多事只有你才能处理。

娄桂芝好像之前未曾发生过什么似的，笑着说，我留下，你们都回去吧。娄桂芝说完，老妈连看都不看我一眼，先出去了。

我不能不走，医生说只允许留下一个人。我对娄桂芝说，我走了，老爸……

没等我说完，娄桂芝打断我的话说，我会照顾好老人家的，我现在还是他儿媳妇。

什么？现在还是他儿媳妇？这话咋讲？难道娄桂芝已经知道我想和她离婚了？

其实，她应该知道的。但是她为什么跟没事似的？

六

我走出医院，去了办公室。王小葩发短信说，她在办公室等我。

王小葩说，她想去泡温泉。

我说，我老爸脑中风住院了，还在重症病房，医生只允许留一个人看护。我老婆娄桂芝留在医院。我老爸还没过危险期，随时都有可能撒手人间。王小葩不说话，她的小眼睛看着我。我说，我不敢走得太远，泡温泉的事改天再说。

王小葩说，你爸爸生病住院我知道。已经超过十二小时了吧？没事的，只要有人在医院看护就行。她安慰说，别担心，该干啥还是干啥，反正嘛，人总归要死的，伤心有什么用？

我认真地看着王小葩。心想，她怎么有这种想法呢？父母病了，这是儿女最伤心的事，她怎么说伤心没用呢？

我说，就不去了吧，泡温泉什么时候不能去？干嘛非要这个时候？

王小葩撒娇说，我就想去嘛，温泉山庄离市区还不到七十公里，一旦有事，咱就往回赶，很快的。

我说，改天好了，改天好好陪你去玩。

王小葩说，我想现在就去，我就是想现在就去。

没办法，我开车和王小葩去了温泉山庄。

和以前一样，我在温泉池的边上开了一栋小别墅。每一栋小别墅的后院都有一个小的温泉池，设计精巧雅致。但是王小葩更喜欢室外的大温泉池。她说，很多人在一起泡温泉才热闹。

王小葩穿比基尼泳装，苗条的身材，雪白的肌肤，加上一张漂亮的脸蛋，一下子就把所有人的目光吸引到了她的身上。她很自豪，自我表现欲强烈。她在温泉池的边上走了一大圈。她希望听见男人的口哨声，更希望我听见男人的口哨声之后，心中翻滚起醋意。实际上，看着王小葩走在温泉池边上的时候，我的心从深处涌上来一股凉凉的、说不清味道的水，我有一种怪怪的感觉，这种怪怪的感觉之前从未有过。我像是陌生人，站在旁观者的位置上，一边欣赏王小葩的美丽，一边研究着这个时候她最想要的是什么。我想，王小葩除了虚荣和私欲之外，还有别的吗？我搞不明白自己为什么突然这么理智？

坐在温泉池里，我的思绪有一点乱。不多久，我的右眼皮老是跳。我想可能有什么事情发生了，是不是老爸……

我对王小葩说，我回别墅了。我想看有没有人打进电话。

王小葩说，泡温泉还管电话干嘛？还不到一个钟头呢。

我说，我不泡了，我的右眼皮老是跳。

王小葩也知道，我的左右眼皮跳动，预兆是很准确的。就说，我没拦你咯，你回别墅咯。

我回到别墅，赶紧打开手机，上面显示36个未接电话。老妈打了13个，妹妹打了22个，娄桂芝打了1个。

我给妹妹拨去电话，无人接。我给老妈拨去电话，也是无人接。考虑了一下，我给娄桂芝拨了电话，同样无人接。

我来到大温泉池，对王小葩说，我想马上回去，你跟我一起回去，还是继续泡温泉？

王小葩说，有事了吗？

我说不知道，但是打遍家里人的电话，都无人接。

王小葩笑着说，我以为你爸爸出事了呢！没人接电话很正常的。先弄清楚了再回去嘛，已经开房咯。

我说，有三十六个未接电话，都是妹妹她们打来的。

王小葩问，你从未有过未接电话吗？

我说，这是特殊时期。

王小葩说，你爸爸没事的，泡温泉吧。

我说，我得走了。你可以不跟我走，我先回去，要是没事了，我再过来。

王小葩想了想，说，也行，你回去吧。这么好的地方，而且已经开房，我舍不得走的。

温泉池里的人越来越多，这是王小葩最喜欢的场面。

七

老爸转移到了急救室。老妈流着眼泪。妹妹很沮丧。娄桂芝很镇定，她不时地和医生交流。

我走进急救室时，没人理我。

很长时间后，护士小声对我说，你爸爸昏迷两个多小时了。

我问，有希望吗？

护士说，我们抢救过类似的病人很多，不应该悲观，但是脑中风后遗症是肯定的。

我说，有什么更好的药品？不要担心医药费。

护士说，等会儿你跟主治医生陈主任说。哦，忘了，你媳妇已经说过了，陈主任心中有数。

我转头看着娄桂芝，应该感谢她。但是她连看都不看我，妈妈和妹妹也一样，好像串通了似的。其实我知道，在这样的场合，她们是不想说别的话题的。

大约三十多分钟后，经过主治医生的全力抢救，老爸苏醒过来。他的嘴巴歪斜到了左边。他慢慢睁开眼睛。我看见老爸的眼眶里溢满了泪水。

老妈小声说，星衲她爸，能认得桂芝、星衲吗？

呵呵，老妈以前叫老爸是星其他爸，今天改变了叫法，叫星衲她爸。什么意思？还有，我都站在这里呢，怎么就只问认不认得桂芝、星衲？我不是家中之一员了？

我上前一步，想问一声老爸，给老妈挡住了。我想，老妈也真是的，我是故意来迟的吗？你们总不会知道我和王小葩去泡温泉了吧？我和王小葩在一起已经很多年了呀，娄桂芝不知道是可能的，因为这类事情，满坡的人都知道了，另一半都不一定知道。除非是自己爸爸妈妈胞姐胞弟说出去。但是这些天，从老妈、妹妹和娄桂芝的态度来看，她们或许什么都知道了。要是那样的话，王小葩一定高兴坏了。她老早就想找娄桂芝摊牌。我不同意。我说，这怎么可以？你知道娄桂芝什么状况下嫁给我的吗？你知道娄桂芝在我家是什么地位吗？王小葩说她不管。她还说她爱我是第一重要的。我想问，你真的爱我？你爱我什么？你知道我爱你吗？但是这些话怎么问得出口？连我自己都还没搞明白，怎么贸然问她呢？

老妈说，桂芝，你站你爸跟前，他应该认得你才对。

娄桂芝俯身贴近老爸，问，爸爸，我是桂芝，认得吗？

老爸嘴唇艰难地动了动，眼泪流了下来。

娄桂芝赶紧拿起湿巾为老爸抹去眼泪。说，爸爸不哭，很快就好起来的。老妈赶紧上前，说，星衲她爸，不哭，一定能好起来的。

无关爱情 | 033

妹妹上前拉住老爸的手,她哭得话都说不出来。

我很伤心,但是……老爸的眼睛在找我。

老妈让开,我上前。我低下头,安慰老爸说,老爸你会好起来的,一定会好起来的。

主治医生叫我们退一退。他说,这个时候要是有安宫牛黄丸,每天吃一丸,连吃三丸,后遗症相对来说会轻一些。

我问,医院没有吗?

主治医生说,这是中药。市中心大街有一家北京同仁堂中药店分店,去那里就可以买到。

老妈总不能叫妹妹星衲去吧?我料想她也不可能叫娄桂芝去。看来老妈不得不吩咐我了。果然,老妈瞪大眼睛看着我,脸色难看地说,还站着干啥?还不赶紧去。记住了,有犀牛角的,几万元一丸也得买,知道了吗?

我说,知道。

老妈脸色依然难看。

从医院出来,不管怎么说,我心里总比之前好受一些。我有一种将功补过之感。

八

王小葩发信息叫我开车去温泉山庄接她。我回她短信说,我老爸病情很重,叫她自己坐车回来。她说,如果我不去接她,她就一直住在温泉山庄,等我老爸的病情好转,再开车去接她。我很想说,你干嘛不自己回来呢?你昨天干嘛不跟我一起回来呢?但是我没说出来。我头一次发现在王小葩面前,我有一点软。这怎么可以呢?我说,你就永远住在温泉山庄吧,这是你的事。

王小葩发来十个痛哭的表情。

我相信她会哭的,但是必须是我在她身边的时候。我打电话说,你哭好了,我很忙,我没时间和你多说话。说完,我挂断电话,把手机放进手袋里。可不到十秒钟,她的电话就打了进来。

我没好气说,我忙呢!你有完没完?

王小葩只哭不说。

我绝对不去接她的。我关了手机,怕误了业务,又打开。王小葩的电话又打了进来。我说,王小葩,你到底有完没完?

王小葩还是只哭不说。

我不再挂她的电话,但是我把手机装进手袋里,随她怎么哭,反正我没听见。

没料到,她却给娄桂芝打电话。

娄桂芝平和地说,你和唐星其的事,你跟他说,我没时间跟你废话。

王小葩说,我要你和唐星其离婚,我和他结婚,难道你还没时间和我废话?

王小葩肯定没料到娄桂芝如此淡定。她说,好的,你就叫唐星其把离婚协议拿给我,我会签字的。

王小葩听见娄桂芝这么说,她似乎已无话可说,挂了电话。

我打电话给王小葩,责问她,你怎么可以这样?你要是这样逼我,我就不想离婚了。其实,你要是不介入,我和娄桂芝是好好的。

王小葩哭着说,你说走到今天那是我的事吗?

我说,都有。但你见过一个巴掌能拍响的吗?

王小葩大声地哭起来。说，唐星其，我跟你没完。说罢，挂了电话。

我很烦，怎么那么多事情都堆在一起了呢？

九

老爸出院了。

娄桂芝好像之前未曾发生过什么事似的。她已经不再去公司。她拟了一份老爸能吃，且爱吃的食谱，经全家人开会讨论通过后，她每天去两趟超市，照着菜谱选购食品。她亲自给老爸做菜，煎、煮、熬。老爸自己不能吃饭，她就用汤匙一勺一勺喂。老妈负责老爸的起居。老爸不能走路，我买了一辆电动轮椅，娄桂芝每天都推着老爸到屋外晒太阳。

有娄桂芝的精心照料，老爸的病症有了很大好转。

转眼到了秋天。儿子读大学了。

儿子唐小伯考上北京一所重点大学。老爸说话口齿不清，不过听惯了还是能听清楚他说什么话。

老爸说，星其，你和桂芝一起送孙子小伯去北京上学。桂芝很辛苦。你把公司的业务交由星衲打理，你陪桂芝去玩个十天半月。不能被不高兴的事情干扰。

老妈说，桂芝，你就放心出去玩吧，你爸爸的饭菜你不是已经教会保姆了吗？打从你嫁到我们家，开头几年家里穷，你连一件像样的衣服都没买过。后来创业，很辛苦。现在日子好过了，趁孙子去北京读书机会，你就和星其一起出去旅游一趟，这是一个很好的机会。

我知道老爸老妈的用意。她们绝对不会容纳王小葩的。

妹妹知道我和娄桂芝表面和睦，实际上心与心之间的距离已经很远。虽然同睡一张床,但进了房间,基本无话可说。夜里,有时候我想靠近她,她不让。我知道,在家人面前,她像什么事都没有发生过似的,其实,这完全是为了儿子和女儿。

娄桂芝笑着说,星其一个人送小伯去北京就行。我们还年轻,有的是时间。再说,女儿小雅明年也考大学了,不能耽误,得要有人送她上学。

娄桂芝这是借口。她已经悄悄把女儿转学到私立中学读高三。据说,女儿转入的那所私立中学,每年都有十几个考生考上清华北大。学校全封闭,高三学生一进去就是一年,不存在接送的问题。

我对老爸老妈说,明年吧,明年我和桂芝一起送女儿上大学。

我这样说,并不是找借口。我希望明年的这个时候,我和娄桂芝的关系恢复到从前。

老爸和老妈听我这么说,当然不高兴。但是老人家哪里知道,娄桂芝是横竖不想和我一起去。

十

王小葩突然来家里找娄桂芝。她想闹事,好在儿子和女儿都已经去了学校。

娄桂芝很平和地问,你以什么身份找我说事?

王小葩说,我为星其打过三次胎。在只有我和唐星其的时候,他叫我老婆。我们一直以老公老婆相称。

娄桂芝依然平和地问,有结婚证吗?孩子没生出来啊,好遗憾的。

王小葩说,我为唐星其打过三次胎,都有医学证明的。

娄桂芝问，做过DNA鉴定了吗？是我老公的孩子？说不准是哪位帅哥的冲动之作呢！

王小葩大哭起来，喊道，黄脸婆你欺负人。

娄桂芝依然小声说，你到我这个岁数，有我这个样子就算你不错。还有，我都被你欺负成这个样子了，你还说我欺负你？哪门子逻辑？

我走到王小葩跟前，说，王小葩，你别闹了，这里是家。

王小葩说，不来你家，叫我去哪里能找到黄脸婆？

老妈很气愤。她拿了一根棍子，正要打向王小葩时，我挡住了。

我说，这要犯法的。

老妈怒火满腔。她的眼睛里喷着火花，骂道，你这个妖精，一个好好的家庭给你闹得鸡犬不宁。

老爸说，她想要的是钱，说个数，我们家庙小，容不下你这个大和尚。

王小葩看着老爸，说，我爱星其，我就是要嫁给星其，你不同意是吗？那我就搬进来住，看你怎么着？

老爸骂道，你懂什么叫无赖吗？你懂什么叫羞耻吗？

王小葩就像泼妇，大声说，我不懂你懂？你真是老朽的家伙。

我一巴掌打在王小葩的脸上，说，你敢对我老爸不恭？

王小葩号哭起来。

娄桂芝懒得说话的样子。她正要往外走，王小葩一把拉住她，问，你离不离婚？星其是我的。

娄桂芝很轻蔑地看着王小葩，说，我不是对你说过，你叫唐星其拿离婚协议给我，我会签字的。

王小葩转头对我说，听见了吗？黄脸婆同意离婚的。现在问题全在你这里了！

我大声说，这是不可能的。

王小葩声音更大，那你以前对我说的都是假话是吗？你骗人！唐星其你骗人！说着她躺到地上又痛哭，又打滚，说我们全家欺负她。

老妈大声说，有几个男人不逢场作戏的？我问你，像你这样的女人，谁家儿子愿意娶你当媳妇？

王小葩孤军奋战。她突然停止了哭声，坐起来，说，那好，你们都不欢迎我，那就拿钱。我知道，王小葩把事情闹大，为的是提高筹码。我问她，你要多少钱？王小葩说，300万。打一个胎儿100万元。至于其他，我就当好人了。

娄桂芝走出去了。我知道她已经烦透了。

老爸说，我知道你就是为了钱。你以为300万是纸吗？

老妈说，给她100万元，走得远远的，别来扰乱了。

我说，我老妈说的这个数你要是同意，就算成交，否则，你将一分都拿不到。信不信由你。

王小葩想了想，说，把支票开来。从今天起，你请我踏入你家半步都不可能。

不管怎么说，王小葩的事总算是处理妥当了。不过对于娄桂芝，我欠她实在太多。表面上，她什么事都没发生过似的，但是她心里头很苦。她所承受的折磨，只有她自己知道。

十一

吃完早餐，娄桂芝照例把老爸推到屋外晒太阳。

老妈坐在树荫下帮助妹妹整理托运单。快达得物流公司已经是全市最大的物流公司，业务量非常大，即便员工加班加点，晚九点以后的托运单，还得带回家整理登记。

我站在老妈和妹妹的小圆桌旁看了一会儿，正要去办公室时，娄桂芝叫住我，她同时把老爸推了过来。

娄桂芝轻声细语说，我早就想说的话、做的事，因为遇上爸爸生病，加上儿子小伯和女儿小雅在身边，就搁下来了。现在爸爸的身体恢复得不错，家里请了保姆，儿子和女儿都已经去外地读书，我的意思是，我得要和唐星其离婚了。

我的眼睛瞪大看着娄桂芝，说，不可能。我不是已经和王小葩断绝关系了吗？你干嘛还要离婚？难道……

娄桂芝小声说，我不想后半辈子在痛苦的折磨中度过。

我想说，我会用爱情抚平你的创伤，但是这话还有用吗？

老妈说，桂芝，你怎么了，好不容易把王小葩赶走，你却要离婚？

娄桂芝说，其实我早就想离婚了。

妹妹问，你早就知道哥哥和王小葩的关系了？

娄桂芝说，是的。女人嘛，总是很敏感的。为了爱情，我付出了一切；后来也是因为爱情，我伤透了心。其实，我的心已经死了。

老爸说，星其实在很不对，我和你妈妈也很伤心。不管怎么说，风暴都已经过去，为了两个孩子有一个完整的家，你就原谅他吧，这算是爸爸求你了。

妹妹说，嫂子，离婚的事不能冲动。虽然哥哥做得实在过分，但正如爸爸所说，一切都已经过去。我想，我哥哥的本质不是很差，相信以后他不会再犯同样的错误了。

娄桂芝说，就像一个镜子，破了，你即便用强力胶黏合起来，其实那裂痕什么时候都在那里。这对我，对你哥哥都是一种痛苦。

我说，桂芝，我错了，是我糊涂。这些日子，我上百次咒骂自己。我现在哀求你，为了孩子有一个完整的家，不要离婚。

娄桂芝声音很小，但很坚决，说，我不是今天忽然想起要离婚的。自从你和王小蓓有了关系以后，我就已经下定决心要离婚了的。既然爱情已死，婚姻存在有何意义？要不是爸爸，要不是孩子，我说过，我们早就分开了。

我说，快达得物流公司发展到今天这样的规模，有你一半的功劳，你要是……

娄桂芝打断我的话说，我什么都不要。孩子的学费、生活费等费用，一次性存入银行，他们自己开支。放假之后，他们想跟谁就跟谁。

我说，你什么都不要，你吃什么呀？

娄桂芝说，那是我的事。

老爸老妈的脸上写满了无奈。我还看见，老妈的眼眶里溢满了泪水。老爸突然大哭起来。妹妹的眼睛愤怒地盯着我。

我对娄桂芝说，没有商量余地了么？

娄桂芝口气坚定地说，是的，这事没有商量的余地。

我想起她离家出走时，也是这种口气。

我陷入深深的痛苦之中。

断　桥

一

坦白地说，我并不是很想写赵秦这个人。他住我家对门。但是这些日子，他引起了很多人的关注，当然包括我。看看啊，他那张瘦削苍白的脸面，忽然泛上了几分喜悦。他有这种情绪，细细算来已经有十多年没见过了。吃晚饭的时候，我老婆陈思雨像是发现了新大陆似的，悄悄对我说："赵工有啥喜事哩？反常啊！"

我当然能猜得到。我走到老婆背后，拍拍她的肩膀，说："赵工也该有一两件值得他高兴的事了，十多年了啊！"

听我这么一说，老婆好像一下子明白了什么，她不说话了。

对于赵秦，普遍的叫法是赵工。这是对他的尊称，就是赵秦工程师的简称。他虽然已经退休了，但人家还是照例这样称呼他。不必交代，众所周知赵秦干了几十年桥梁工程，硬是没沾上一官半职。没当过官，就没有官衔好让人家叫，他都快七十的人了，总不能谁见了都直呼其名吧！当然，那些比他年长的人，可以直呼其名赵秦，与他共过事的人可以叫他老赵，那些比他年纪小的叫他什么？总不能也叫他赵秦吧，如果那样的话，我们还算是一个礼仪之邦吗？好在他还是评上了个工程师职称，这么一来，人家就有了一个叫法，一律都叫他赵工。实际上，赵秦本人从来就不在乎别人叫他什么，就是叫他赵先生、赵老先生、赵老头什么的，他都无所谓。这十多年来，他只在乎一件事，就是风雨大桥什么时候重建。

风雨大桥是十多年以前被一场洪水冲垮的。风雨大桥被洪水冲垮以后，赵秦的情绪就低落下来了。赵秦低落的情绪发展到后来就成了闷闷不乐、沉默寡言。老伴常常嗔怪他："何苦呢？虽然风雨大桥是你设计的图纸，在你的指挥下建成的。但是被洪水冲垮已经是事实，即使这座风雨大桥永远不再重建，全市三百多万人呐，就你赵秦一个人忧国忧民？"

二

风雨大桥横卧于风雨河上。风雨河是一条古老的河流。风雨河流了上千里路，穿过上千座大山之后，流到了风雨市。风雨河流到风雨市这一段，河床宽六百多米，水深六米多，最浅处也有两米多。秦汉时期，风雨市是郡所在地，居民集中居住在风雨河的北岸。据风雨市的市志记载，到了唐朝，风雨市的社会经济有了很大发展。风雨市的居民，有的开始从风雨河北岸迁移到南岸。从那时起，风雨市就分成了南北两个城区，河北岸叫城北，河南岸叫城南。赵秦查考过赵家家谱，赵家是风雨市第一批居民。原居住在城北，唐朝末期，迁住城南。从唐朝起，经宋、元、明、清，风雨市居民从城北往城南，从城南往城北，交通工具靠一种两头尖，中间椭圆，一次能载五个乘客过河的小木船。赵家家谱，也不全是家谱，还记载了发生在风雨市的很多真实故事。其中有一个故事发生在赵家。那是明初，有一年冬天的一个寒冷的深夜，赵家第十二代公赵善炜之父赵本仁，突然腹泻不止，头重脚轻，生命垂危。赵善炜是独子。那天深夜里，他跑遍城南所有药铺，但是都没能买到止泻药。赵善炜不能眼睁睁看着家父死去。他决定去城北买止泻药。可那时已经是深夜，风雨河的北岸已经没有了载客的船只。怎么办？那个时候的赵善炜只有一个办法，就是游泳过河。但是赵善炜才游出去不远，他的脚跟突然抽筋。他想站下来，脚却沾不着底。在拼命挣扎中，他本能地大声喊道：救命呀！那个时候，他想死定了。不料，他命不该绝，赵家不该绝。他挣扎之时，正好遇上一个渔夫在河面上放网捕鱼。渔夫听到有人喊救命，立即把船划了过去，跳入河中，把赵善炜救上船来。渔夫真是个好人。当他得知赵善炜为了救家父游泳过河买药后，立马把赵善炜划到北岸，带着赵善炜敲了一家又一家药铺，买到止泻药后，又把赵善炜划回南岸。痛心的是，赵善炜回到家时，家父赵本仁已经死了。打赵本仁死后，赵善炜就有一个愿望，就是有一天，在风雨河上起建一座桥。赵善炜的这个愿望，后来成为赵家的一个理想。这个理想，一代又一代传下来。直到民国三年，赵秦的父亲赵周，他读过几年私塾，算是文化人，在风雨市，是有头有脸的人物。这年开春后的一天，他去找时任风雨市市长的陈水升，用了将近半天时间谈了在风雨河上建造一座桥的可行性和必要性。他说服了陈水升。陈水升支持建桥，他很高兴。但是当时政府要钱打仗，只答应拨款一部分，不够的部分，靠捐款解决。赵周回家后想了两天两夜，决定卖掉两块祖宗地，把钱捐出来。在他的带头下，风雨市大户人家都捐了款。过了一年，风雨河上就建起了一座木桥，叫风雨桥。只可惜，日本人侵略中国时，在风雨市进行过两次大扫荡，投降那年，一把火把风雨桥给烧毁了。

新中国成立后的第三年，也就是1952年，刚成立不久的风雨市政府，虽然财政困难，但是为了解决风雨市社会和经济发展的瓶颈，还是决定优先建造风雨大桥。当时，赵秦的父亲赵周就站了出来，写了一个通告，说，风雨市要建一座大桥，政府有困难，号召市民勒紧裤腰带，有钱出钱有力出力。赵周通告后不到三天，全市共募捐到三千多万元。那年赵秦正好大学毕业，读的又是桥梁专业。一种说法是赵周指定赵秦读这个专业，另一种说法是赵秦看了赵家的家谱后自己决定读这个专业。现在问赵秦为什么当时选择这个专业，有时他笑而不语，有时却只轻轻"嗯"一声就走了，让问者闹不清楚他到底是肯定还是否定。但是当时，风雨市只有赵秦一个人读桥梁专业，却是事实。时任风雨市市长就把赵秦叫了去，交给他任务。那年赵秦二十二岁，未婚，儿子赵汉当然不用说都还没生。不过他的父亲赵周已为他选定了一个媳妇，虽然他不很满意，但后来还是和那个女人结婚了，也就是现在的老伴陈思雨。

赵秦在市长那里领了任务后，就没日没夜地设计大桥图纸。他还自作主张在图纸的天头上写上"风雨桥"三个大字。市长很认真地看了图纸，很满意。他称赞了一番后，拍拍赵秦肩膀，说："过去曾经有过一座桥，叫风雨桥，是你父亲游说募款建起来的。现在是新中国了，应该加上个大字，就叫风雨大桥吧。"市长说到这里，很信任地对赵秦说："建桥的任务就交给你了，要保质保量啊！"

赵秦那时还没住我家对门，他住在他家的老宅。他家有一栋老宅，很宽大，占地面积六千多平方米，有大院花园什么的。赵家祖祖辈辈都住在那里。后来交了公。再后来又还给赵家。赵秦住在我家对门只是近二十年的事。据他老伴说，那年赵秦从市长那里领任务回来后，第六天起就按照自己设计的图纸，指挥着大桥的施工建设。最使赵秦感动的事是，他用的三个施工队都很尽职尽责，虽然他年纪比那些施工人员都小，但所有人都很尊重他。特别使他难忘的是，每到星期天晚上，市民们没人叫，都自觉来到工地义务搬石头、搬水泥什么的，干得热火朝天。不到一年时间，一座与风雨市这座古老城市建筑风格相协调的大桥，就潇潇洒洒横卧在古老的风雨河上。

风雨大桥成为风雨市的一道风景。

赵秦设计的风雨大桥很有风姿。桥面宽六车道，顶部护栏是青瓷覆盖，在全长六百六十米的大桥中间，巧妙地设计了九个凉亭。到了夏天，市民们就在凉亭里聊天下棋，当然年轻人也在那里谈恋爱。要是站在城北太平山上俯瞰，风雨大桥简直就像一条巨龙。几十年来，风雨市市民因为风雨市有这条"巨龙"而骄傲，赵秦也因为设计并指挥建造这条"巨龙"而成为红极一时的风流人物。但是风雨大桥在十多年前已经被洪水无情地冲垮了。

风雨大桥被洪水冲垮那天，赵秦就站立在风雨河的南岸桥头处，那天的天空像是开了洞似的，不停地下着暴雨。赵秦不打雨伞，也不披雨衣，落汤鸡一样站立在桥南头，眼看着洪水汹涌澎湃地从上游直逼向大桥，赵秦的心像有一把刀在不停地刮。洪水根本就不管赵秦是什么感受，不到一刻钟工夫，大桥就不可阻挡地垮下去了。赵秦当时那痛苦的心流出了许多血，随后，他那双有点凹的小眼睛就止不住地往外流眼泪。那眼泪与雨水汇在一起，流到风雨河，流向汹涌澎湃的大海……

三

风雨大桥被洪水冲垮后不到十天，风雨河面上就出现了上千艘客船。这些客船种类繁多，千姿百态。其中有一种两头尖，中间椭圆，一次能载五个乘客过河的小木船最多。由于客船多，每天从早到晚那些船业主都在抢客源。有时甚至为了一个乘客而大打出手。赵秦自风雨大桥被洪水冲垮之后，整个人都垮了。他的那张瘦削苍白的脸，随着岁月的苍白而愈加苍白了。打那以后，他几乎每天都到河岸边，眺望滔滔流去的河水和裸露在水面上断裂的桥墩，他的心情苦涩苦涩的。

终于有一天，赵秦叩开了我家的门。在我的印象中，赵秦主动叩开我家的门是很少很少的。记得他站立在客厅里，没有一点表情地问我："风雨大桥要重建吗？"他说话的口气好像我是市长似的。我说："我不知道啊，我不是风雨市市长。"

赵秦被我噎住了。他木讷讷地站着一声不吭。我看着他那可怜巴巴的样子，心里在说，你赵秦都那么老了，重建不重建风雨大桥，关你屁事！你还有几天在世上？不过我还是把态度搞温和些，他毕竟是老人了，我说："重建风雨大桥是一定的，不过不会那么快。"说完这句话后，才意识到我说了官话，我骂自己，你都不当官，说什么官话呢？这对赵工多失礼呀！

"都断了好几年啦！"

"据说财政十分困难。"我特别把'据说'说得重一些，以冲淡刚才我打的官腔。

赵秦不再吭声了，他知道我不是市长，他叩开我家的门纯粹是为了排解一种心情。

后来我听说赵秦为了重建风雨大桥的事，花了一个多月时间，写了一份长达一万三千多字的论证报告，分别送给省政府、省财政厅、省交通厅、省建设厅、省计划厅和风雨市市长。后来赵秦送出去的报告全部都批转回风雨市有关部委办局。据说，风雨市市长看过报告后点头说："好报告，好报告嘛！"他没有在报告上批字，但是他亲自把赵秦的报告交给办公室主任，说："有空时，把有关部委办局的领导叫来研究研究。"

　　赵秦就很耐心地等待着研究结果。可是赵秦等了好多年，都没有看见研究结果。老市长走了，新的市长来了。赵秦屈指一算，风雨大桥被洪水冲垮已有十五六年，市长换过四任，一任接一任，每一任都在研究，但都没有结果。赵秦耐不住了，他决定去找市长问一问这件事。

　　这天他起得很早。他来到风雨河岸边。

　　风雨河的南岸停泊着上百艘船只，那些船业主还没等赵秦走过来就拥向他，拉着他乘坐自己的船。赵秦选择了一艘两头尖，中间椭圆，一次能载五个人过河的小木船，坐好后，他才看清船业主是个年轻人，长着一张古铜色的脸。年轻人说："你坐中间位置。"赵秦就坐在中间的位置上，刚坐稳，年轻人就把船划起来了。

　　赵秦问："就我一个乘客吗？"

　　年轻人说："就你一个人，要不这么多船等到何时才满客呢？"

　　"你这样一天能挣多少钱呢？"

　　"运气好的时候有百把元，运气不好的时候只有几十元。"

　　赵秦在心里算了算说："这生意可以做。"接着他想，风雨大桥没断之前，他们做什么呢？要是风雨大桥重新建起来了，他们又去干什么？

　　赵秦问年轻人："这座风雨大桥断了是不是对你好一点？"

年轻人笑笑，那张古铜色的脸面，明显流露出一种说不清答案的表情。年轻人一直把船划到河中心后，才若有所思地对赵秦说："生意不好做啊！"

"这话咋讲？"赵秦问。

"每个月各种收费不下一千元。"年轻人给赵秦算了一笔账，他说，"国税局、地税局、工商行政管理局、城市建设管理局、环境资源局、卫生局、社会治安管理局……有十来种收费，还有啊，还有一种隐形保安费。"

"什么叫隐形保安费？"赵秦早对此事有所闻。

"城南城北各有一批流氓地痞，总是按月收去200元，不交不行哩，不交你的船说不定什么时候就不见了，即使你的船还在，但总有人来给你过不去。有时候他们坐上你的船，让你把船划到河中，然后给你实实在在来一次'教训'。有时候甚至把你的船掀翻，他们会水，有些乘客不会水啊，去年死了好几个，船业主可遭殃了。"年轻人感叹道："钱真的不好赚。"他问赵秦："有桥的时候就不会有这种事吧？据说很久以前也没有桥，但也不是这样……"

年轻人见赵秦不吭声，就不再往下说了。倒是赵秦听了年轻人说的这番话后，心情很是沉重。

上岸后，赵秦径直向市政府办公大楼走去。

这栋大楼过去他来过，那是风雨大桥没被洪水冲垮以前。那时候有通公共汽车，从城南到城北很方便，他的印象中，市长的办公室在六楼。他爬上六楼。和十多年前一样，市长办公室在六楼左侧，朱红色大门上方钉着"市长办公室"的牌子，赵秦走到门口时，市长正低头批阅文件。

赵秦轻轻敲了三下门，市长抬起了头。

市长不认识赵秦。他从赵秦的穿着打扮和气质上判断，赵秦是属于老知识分子那个类型，他猜想，多半是上访者，就问："老同志你有事吗？"

赵秦自我介绍说："我叫赵秦……"

市长听说是赵秦，马上就站了起来，走到赵秦跟前，说："你就是赵工？"他把一双很大很厚的手伸给赵秦，握了握手说，"赵工是很关心市政建设嘛，你关于重建风雨大桥的报告写得很不错嘛，我代表全市人民感谢你嘛。"

赵秦有一种受宠若惊的感觉。因为市长也叫他赵工，特别是当市长听到自己的名字时，马上就记起那份报告，都有一段时间了。但只是很短一瞬间，赵秦就冷静下来了，他到底是快七十的人了，已经过了轻易感动的年龄。赵秦心里在想，你市长在风雨市市长这把交椅上已经坐满一届，据说马上要换坐市委书记那把交椅去了，风雨大桥垮下几年我才写的报告，写了报告又过去多少年了，你为什么记住这件事，却不去做这件事？况且这件事是风雨市的大事！

赵秦问市长："风雨大桥还要不要重建？"

"当然要重建嘛。"

"可是风雨大桥被洪水冲垮十来年了，咋还不见有一点动作呢？"

市长的脸面飘过一朵尴尬的云。但很快地，那朵云就消失了。市长很严肃地对赵秦说："赵工我对你说实话，现在财政很困难。"

"可是风雨大桥对风雨市有多么重要？无论是社会的，还是经济的，都十分重要。"

"我何曾不知道！"

"你或许有不知道的地方，因为现在的人浮夸，在你这里总是报喜不报忧。"赵秦那种直言不讳的个性，在这种时候又表现出来，"现在风雨河上什么事情没有发生过？'隐形保安队'随意欺诈船业主，船业主随意宰割乘客，还有各种乱收费……这桥垮到现在发生了多少事情了？"

市长表情复杂地说："还有这么多事嘛？"他像叹气似的提高嗓音，"该叫有关部门出动治一治了。"

"那是治标。"

"是这样。"市长把手伸给赵秦握了握说，"回头找个时间召集部委办局的有关领导研究研究。赵工啊，再一次谢谢你对市政建设的关心嘛。"

赵秦知道市长已下了逐客令，只好说："那我走了。"

"赵工走好。"

赵秦走出市长办公室，没有一点点实现愿望的快感。他决定去找一找财政局局长说一说，财政局局长姓拱，说话的声音像患了感冒，节奏偏快，要是不认真听，就没法听清楚他说了些什么。

拱局长见赵秦不请自进，没有好气地问："你有事吗？"

赵秦不请自坐在局长办公桌对面红木欧式沙发上，说："我叫赵秦，刚从市长那里出来。"

没等赵秦说完，拱局长就一脸的不高兴。拱局长早就知道有个叫赵秦的人写过一份关于重建风雨大桥的报告，还知道被洪水冲垮的风雨大桥是五十年代由赵秦设计指挥建造的。但是他没有见过赵秦这个人。此时此刻，拱局长心里在说，赵秦原来只是这么个样，一张瘦削苍白的脸，已经有点驼背，弱不禁风。拱局长心里在问，你赵秦为什么如此关心风雨大桥的重建？为什么呀？拱局长说："赵工来找我想必是重建风雨大桥的事了？"

"是的。"赵秦很平静地说。

"你的想法不错，可是财政实在很困难！"

赵秦咋不知财政困难呢？但是总不能因为财政困难就不建风雨大桥呀！赵秦说："这桥垮下去十来年了……"

拱局长根本就不想听赵秦说什么。他打断赵秦的话说："赵工我对你实说，市长局长都想把风雨大桥重建起来。但现在别说建桥，连职工工资都没法保证。我这个财政局长哪个月不到省财税厅讨钱回来补缺？包括你赵工的工资。我不隐瞒你说，现在工厂多半亏损，税源少得可怜，要不是每个月都从风雨河的船业主那里征收到一百多万元税金，现在连全市的路灯都亮不起来……"

赵秦总算明白了，这风雨大桥断了也未必是个坏事，至少每个月能从船业主那里征收到一百多万元税金，解决全市的路灯问题，还能解决几千人的就业问题，现在有多少下岗工人？你可以想象一下，一个城市如果没有路灯，还像个城市吗？况且，风雨市还是个古老的城市。一个城市，如果有成群成批的待业人员，这个城市的社会秩序……赵秦不愿想下去了，他连气都不叹一声，就走出了拱局长的办公室。

四

这天赵秦起床后，见天气很好，阳光说得上灿烂。他把老伴从床上拉了起来，说："到城北游一游啦，都有好些年没游城北那几个旅游点了。"

老伴说："不是说鸿泰发展总公司王老总要来看老宅那块地吗？你真

的敢把它卖掉？那可是赵家老祖宗的遗产啊，不能吃老祖宗的啊！"

"大大几百万啊，这么老了谁能见过这么多钱？"

"说的也是。"老伴问，"咋今天忽然想起要去城北旅游呢？"

"《风雨晚报》上说，城北城南的几处大的旅游点很快就要租赁给外国人经营了，还有那几栋名人别墅也要拍卖给外国人，要是不去看看，日后去看恐怕就不会是现在那种感觉了。"

老伴咕哝道："说的也是。"

赵秦和老伴来到风雨河的南岸，远远看见河边围着许多人，那些人缓缓地沿着河岸的下游移动。赵秦判断，那里又发生事情了。他原想不理睬这些。但是赵秦清清楚楚地听见有人在喊救命，他就走了过去。赵秦看见在河里有两个人在挣扎，其中一个是男性，不大会水，是船业主，在离他一米多处，是一条两头尖，中间椭圆，一次能载五个人过河的小木船。小木船漏了水，船顺着水流慢慢往下沉。另一个是中年妇女，一点儿水都不会，她拼命把手伸给那男的，男的不断地喊救命。然而站在河岸边的那么多人，没有一个人下水救人。有一条小木船划了过去，也是那种两头尖，中间椭圆，一次能载五个人过河的小木船。小木船的船业主是一位年轻人，长得很结实，他对着在水中挣扎的船业主说："救你上来给多少钱呢？"

"一千元。"

"太少了，还有那女的呢？"

"那就两千元。"

"两条命呀，五千元怎样？"

在水中挣扎着的一男一女，已经开始往水下沉。

赵秦不容多想，把鞋丢给老伴就往河里跳。站在河岸边的人开始有了骚动。有人在使劲吹口哨,有人大声叫好,有人怪声怪调说英雄出现了,有人小声说那老头水性还真不错,马上就有人接着说,如果毛主席还在的话,非叫这老头跟他老人家比一场游泳赛不可,这话马上引起一场哄笑声……在乱哄哄的议论声中,赵秦把一男一女托出了水面,顺着流水游向岸边……

五

赵秦成了英雄,电视台记者、广播电台记者、报社记者、画报记者,还有报告文学名家,一群又一群拥向赵家。我几乎每天都能听见有人叩赵家的门。据说,赵秦从成为英雄到现在,还没有说过一句话,面对摄像机、镁光灯,他总是愁眉苦脸,他的这副模样上不了电视,也上不了报纸,更上不了画报。英雄怎么老是愁眉苦脸呢?观众、读者都在等待着目睹赵秦的尊容,读到关于赵秦的英雄壮举,连省委书记、省长都打电话过问为什么不组织宣传赵秦?这是个大题材,这是主旋律。然而这个赵秦,硬是不愿意合作,硬是不愿意笑一笑,硬是不愿意说一句话。这么一来,非得市长出面不可了。

市长带上一大群记者。

市长叩开赵家的门时,我正好打开家门要出去,就被赵秦的老伴堵在了门口。

赵秦老伴说:"小吉,你还是把你家那几条凳子借给我吧,来的人实在太多。"

赵秦老伴走进我家客厅搬凳子时,我对她说:"你就让他们站着吧,反正赵工也不说话,一会儿他们就要走的,何必辛苦呢!再说,你儿子赵汉，孙子赵魏都不在家，谁都怪不了你老两口呀！"

"过门都是客嘛！况且是市长亲自上门了。"

既然赵秦老伴这么说，我也就没什么好说的了。见她搬凳子很吃力，我就帮她搬几条来到赵家客厅。

面对市长，赵秦那张瘦削苍白的脸面，依然是十多年来的表情。

市长说："赵工，你是真正的英雄嘛！那么多人为什么没有人下水救人，而你却下去了呢？你是风雨市的骄傲嘛！风雨市很需要你这样的英雄典型嘛！"

"我不是什么英雄。"赵秦终于说话了，这太不容寻了。赵秦接着说："我只想说一件事，就是风雨市什么时候重建风雨大桥的事。"

市长小声说："那是另一码子事。"

赵秦大声说："那是一件很重要的事。"

市长连声说："那是那是。"

赵秦说："那就该成立一个重建风雨大桥筹备小组，市里的财政实在有困难，就号召社会捐资，关键是行动起来，不能只看到眼前的利益。"赵秦说到这里，他站起来，面对众多记者，大声说："我宣布，我已和我儿子赵汉，孙子赵魏，还有家庭的其他成员商量过了，决定把我家老宅那块地皮，出售给鸿泰发展总公司，所得六百六十九万元，全部捐出来重建风雨大桥……"

赵家的客厅顿时像炸了锅似的，各种声音混杂在一起，没有人听清楚别人在说什么，这种局面持续了很长时间才安静下来。

市长站了起来，他好像想对赵秦说些什么，但又拿不准在此时此刻说些什么好，就干脆什么也不说。

赵秦坐下来，他好像还想对记者们说些什么，但又觉得说多了反而不好，就什么都没再说。

六

也不知道是赵秦抓住了机会，还是那些公司老总们利用了赵秦，仅仅一个月时间，风雨市重建风雨大桥筹备小组就收到捐资八千多万元，加上省交通厅拨款的一千六百万元，重建风雨大桥的资金算是够了。大年初一，市长亲自上门给赵秦拜年。市长特别告诉赵秦说，元宵过后风雨大桥就开工，整座大桥还是按照你赵工五十年代设计的图纸重建，只是在大桥的桥墩与桥墩之间加大抗洪能力……赵秦听着市长说这番话时，表面上显得很冷静，实际上他的心情很激动，这可以从他那张瘦削苍白的脸上读出来。

没过几天，好像是正月初六吧，市长的秘书打电话到我家，叫我帮他去叫对门赵秦来接电话。赵家到现在还没有安装电话。市长的秘书在电话里告诉赵秦说，正月十六风雨大桥开工，那天上午九时要举行一个隆重的开工剪彩仪式。市长的秘书在电话里提高声调说："市长决定赵工你参加剪彩，赵工那天你要穿上最漂亮的衣服，要提前十分钟到原风雨大桥桥南，在观众的鼓掌声中，你和省长市长厅长走到已经排好队的司仪小姐跟前。那些司仪小姐间隔一米半，每位司仪小姐托着一个盘子，盘子里是一朵红布结成的花，那些花用一条彩带连接起来。赵工你站在市长的左边，市长站在省长的左边，省长站的位置是中间的位置，省长的右边是市委书记，市委书记的右边是省交通厅厅长。你要在一挂鞭炮声中，当然那个时候还有掌声，但是掌声小，鞭炮声大，掌声被鞭炮声淹没了，你要用眼睛的余光看着市长、省长，和他们同一个时刻，面带笑容，从司仪小姐托着的盘子里拿起一把剪刀，那把剪刀绝对是锋利的，你一定要沉着，至多三下就剪断那条彩带。剪断那条彩带后，你就把剪刀放回司仪小姐托着的盘子里，与领导和观众一起鼓起掌来。赵工你要面带笑容。我知道你很不容易笑，但是那个时候你要想一想，连接花的彩带被剪断了，但是即将建成的风雨大桥将把城南和城北连接起来，它将重新潇潇洒洒横卧在风雨河上。赵工你怎么能不激动呢？赵工你怎么不笑一笑呢？"

放下电话，赵秦的心情无比激动，他激动得几乎要蹦跳起来。从那天起，说得准确一点儿，是从那个时刻起，赵秦那张瘦削苍白的脸面就一直泛着喜悦。认识赵秦的人，一眼就能看出来赵秦心中有喜事，就连我最粗心的老婆也看出来了……

然而，风雨大桥开工剪彩那天，赵秦却没有露脸，据说最根本的问题是他不想出头露面。

戒　酒

　　下午下班后，杨书平特意多坐了一会儿。他很想和以前一样，下了班就有同事或者朋友来叫他一起去喝酒。即便他不会去，即便他去了也不喝酒，但是他还是很希望有人来叫他。有人来叫他一起去喝酒了，说明还有人想到他，更重要的是，说明他还有朋友。他现在太在意朋友了。其实，只说他在意有没有朋友还不是很准确，打从他戒酒以后，他感觉自己的生存状态很不好。他并不是不想喝酒，是老婆让他一定要戒酒。

　　半年前，政府办全体公务员例行年度体检，他检查发现自己患有重度脂肪肝，还有糖尿病，更糟糕的是他的心率不齐，患有轻度心脏病。医生说，这全都是喝酒惹出来的祸。打那以后，他就戒酒了。但是戒酒之后，他有了太多的困扰。因为戒酒，他的朋友渐渐少了，更让他感到郁闷的是，他好像在同事和朋友们的视线中消失了。有的时候，同事们就在办公室里约定去饭馆喝酒，但就是没有人问他去不去；有的时候同事们喝得烂醉如泥了，没有人开车送他们回家了，他们才想到他。他们会醉醺醺地给他打电话，叫他赶紧去把他们接回家。后来他还发现，有的同事说他怕死，有的说，不就重度脂肪肝嘛？都快四十的人了，患个糖尿病，有那么一点儿心律不齐，那是再正常不过了，何必这样在意？

每每这时，他都只是一笑了之。但是他越来越感到孤独，他担心，这样下去会影响他的仕途。过去，他隔顿不隔天地陪同事、陪领导，请领导、请同事喝酒，而且几乎每天都喝得烂醉，那样才叫哥们。可是现在，戒酒了，就成为圈外人了。有时候没事了，大伙儿坐在一起，说起话来，他好像也插不上话了。他把他当前的处境告诉他的老婆陶秋玮。老婆说，这有什么大不了的？身体要紧还是朋友要紧？抑或是仕途要紧？杨书平说，都要紧。他还对老婆说，年度"评先"很快就开始了，听说接下来有一波提拔，他都四十了，还是个主任科员。听说，秘书长许地人要提拔为人大副主任，副秘书长也要补齐三人。如果这次机会把握不好，又得等上好几年。老婆陶秋玮很生气。她说，这官当不当不重要，关键是要有一个好的身体。人到四十，身体好就是福。杨书平争辩说，光顾身体那也不行，打天下那会儿有几个人顾及身体了？老婆生气地说，怎么能这样说话呢？不恰当嘛。杨书平说，坦白说，我现在真的很另类，因为另类所以孤独，如此下去非把我憋出大病来不可。老婆更加生气了，她甚至气得连话都说不出来，然而，杨书平还是想说服老婆。他说，酒还是要喝，但是不要像以前那样每喝必醉就是了。老婆大声说，你们那一坨人喝起酒来还有不醉的吗？老婆这话一下子就把杨书平给问住了。是的，他们这一坨人在一起喝酒真的还没有一次不醉的呢。

　　杨书平因为被老婆问住了，他就只能继续戒酒了。但是这一段时间非常重要，如果不陪领导和同事们喝酒，到时候肯定什么好事都轮不上自己。他很矛盾，他很恨自己，那么多人天天喝酒，天天醉酒，人家就没有患上脂肪肝、患上糖尿病、患上心脏病，偏偏你杨书平患上了。是不是别人也患病了，只是人家隐瞒了呢？抑或正如秘书科吴昌明所说，要革命就不怕死，怕死就不革命呢？杨书平想来想去，他很想给自己开放一阵子,就一阵子。但是现在已经没有人来叫他一起去喝酒了。已经好多天了,每天下午下班后,他都等上一会儿,但就是没有人来叫他一声。他也想主动约请别人,但是……他有一种强烈的危机感。

这天下午,办公室里的人都走了以后,杨书平把苏京钰市长指定他写的全市年度经济运行分析报告保存到文档。他关了电脑,正要回家时,苏京钰市长走进了他的办公室。

杨书平看见苏京钰市长走进他的办公室,以为苏京钰市长要问他写的年度经济运行分析报告的事。苏京钰好像也猜想到杨书平一定这么认为,就坐到杨书平对面的凳子上,笑了笑说:"我不是来紧你写报告的。我听说你已经戒酒?如果我的观察不出错,你的心情好像有一点儿沉重。我想对你说,其实戒酒不是一件坏事。"

杨书平有一点儿不好意思地说:"我是戒酒了,政府办公务员体检身体后我就戒酒了。真的很不好意思,很久没能和苏市长一起喝酒了。"

苏京钰笑着说:"身体要紧嘛。"

杨书平认为,苏京钰市长在说官场上的话,他说:"真的不好意思,老婆管得很紧。"

苏京钰哈哈大笑起来,说:"老婆管得不紧你就喝了呀?"

杨书平不语。其实他不知道该怎么说是好。其实他认为把责任全都推给老婆是不对的。身体出了这样大的毛病,全都是因为自己喝酒惹出来的,这和老婆何干?但是如果不这样说,还有更好的说法吗?

杨书平说:"我是很想每天都能和大家一起喝个痛快的,但是……"

苏京钰没等杨书平说完,就打断他的话说:"量力而行嘛。"

杨书平认定苏京钰市长说的是官话,就说:"我会……"

苏京钰市长接过杨书平的话："你会把命都给豁出去？"

杨书平想到了战争年代英雄们的壮举。他说："其实脂肪肝没有什么可怕，其实心律不齐也没有什么可怕，其实糖尿病也没有什么可怕……"

苏京钰没等杨书平说完，便哈哈大笑起来。他打断杨书平的话说："都没有什么可怕了，你还不赶快喝酒？"他只停了三秒钟，便轻叹说，"你呀，你还是要超脱一点儿啊。"

苏京钰说完，那瘦削的脸面浮上一丝笑意。不过这笑意让杨书平怎么也捉摸不透。因为捉摸不透，杨书平就有了一种坐立不安的感觉。

苏京钰站了起来，他深深叹了一口气，加重语气说："小杨呀，得超脱一点儿啊。"

杨书平不知道说什么是好，一直到苏京钰走后，他还愣愣地站着。

老婆陶秋玮不在家。

晚上九点多钟，杨书平躺在沙发上，他想着戒酒之后的这些日子所遭遇的孤独，他感到非常痛苦。因为痛苦，他对所谓的酒文化、官场文化、交际文化……非常痛恨。他心里想，这个社会好像已经离不开酒：开心时喝酒，忧愁时喝酒，欣喜时喝酒，悲痛时喝酒，结婚时喝酒，升迁时喝酒……想着这些，他觉得人活着其实没有什么意思。想到人活着其实没有什么意思，他就站了起来。他走到酒柜前，取下一瓶已经收藏了好几年的XO，用微波炉烤了几片干鱿鱼，坐在沙发上，一个人喝起闷酒来。

杨书平有一种久违了的感觉。这酒怎么这么香醇，每喝一口，都是一次快感。他一边喝酒，一边想，人啊，何必要活得那么长，就来世界这么一遭，活得长也是一生，活得短也是一生，关键是这一生要过得快乐。他问自己，喝酒算是快乐吗？不过他把自己问住了。是啊，喝酒算是快乐吗？他在戒酒之前，几乎每天都要喝酒，但是他并没有快乐之感呀！记得那时候，他总是有一种负担之感。每次喝酒必醉不说，还总是强逼自己保持笑脸，他感到非常之累。本来，因为有病不能再喝酒，对他来说应该是一种解脱，但是看来并非那样。戒酒了，他孤独了。孤独是非常痛苦的。他也很想超脱，但是要生存，要生活，要加薪，要升迁，说得通俗一点儿，就是要混社会，如此你还能超脱吗？超脱是什么？其实在别人看来是另类，另类的人有几个生存得好的？杨书平越想越痛苦。痛苦了就喝酒，喝到醉倒在沙发上……

  杨书平醒来时是深夜三点二十分。他是因为口渴想喝水了才醒来的。
  杨书平的老婆陶秋玮不知什么时候回的家。她坐在沙发上，很气愤地看着杨书平。不过她还是用湿毛巾敷在杨书平的额头上。实际上她坐在杨书平的身旁已经三个多小时了。
  杨书平醒来时看见陶秋玮坐在他的身旁，他的心本能地收紧了一下，但是他马上就放松了。他认为自己喝酒之前已经想通了很多事情。既然长短也是一生，干嘛要累了自己。既然已经不计较寿命的长短，那还有什么放不开呢？
  他对陶秋玮说："我想喝水。"
  陶秋玮说："想喝水自己去喝，没人侍候你。"
  杨书平说："我已经想通了，长短也是一生，况且喝酒了又不一定马上就死人。"
  陶秋玮气得眼珠子差点就突出来。她本想大骂起来，但是因为已经是深夜,她只好强逼自己把火气压了下来。

她说:"是的,长短也是一生,但是你考虑到你的责任了吗?你当初为什么要结婚?为什么要生下儿子杨杨?还有,你为你的父母尽责了吗……"

陶秋玮把杨书平问住了。因为被老婆问住了,杨书平就只能爬起来自己去喝水。

陶秋玮是在杨书平去喝水时回卧室睡觉的。

杨书平在老婆陶秋玮回卧室睡觉之后,一个人坐回到沙发上,他的两只眼睛盯着天花板发呆。他的脑子里很乱,心很烦。他自言自语:这人生咋这样,活也难,死也难。活着好累,你想死,死了就解脱了,但是你死了你的老婆咋整?你的儿子谁养?你的父母咋办?哦,为什么会有人类呢?怎么会……杨书平的眼眶里溢出了眼泪……

杨书平走进办公室时,副秘书长王太端和几位同事正在议论他们昨天晚上的酒局,他们见杨书平走进来忽然都不说话了。

杨书平的心好像有一根针在刺。他是戒酒了,但是戒酒了不等于不可以一起谈论酒的话题呀。他很想说些什么,但是他想到那夜他醉酒后老婆陶秋玮气愤的目光,还有她对他说的那些话,他就什么都不想说了。

杨书平不说话,同事们反而觉得奇怪了。在这之前,杨书平因为戒酒了,生怕大伙儿疏远他而对他们总是表现出一种讨好的姿态。但是当杨书平不再重视他们的态度时,他们反而有了一种失望的感觉。其实他们之中,想戒酒的人也不少,但就是怕戒酒后被排除在朋友圈之外,那样太孤立。当下社会,你一旦成为圈外人了,你就另类了。一旦大伙儿认定你另类了，那么你的路走得就艰难了。他们之中，有谁不知道醉酒伤身，但是他们还得天天醉。要戒酒，除非到了万不得已。但是人到了万不得已，不就晚了吗？杨书平想了很多，他想好好活着，他的老婆才有老公，他的儿子才有父亲，他的老爸和老妈才有儿子。虽然很快就要评比年度先进工作者了，接下来秘书长和副秘书长之空位也要补齐，但是他已经想开了，他认为，那都是身外之物。他告诉自己，从此以后，就算老婆陶秋玮不强迫他戒酒，他也要戒酒。

因为杨书平决心继续戒酒，所以他也就不再在乎同事们的态度。他走进办公室后，不再像以往那样，对谁都点头示好。他径直走到自己的办公桌，坐下来后，他和以前一样，先打开电脑。他把苏京钰市长交代他写的年度经济运行分析报告又修改了一次，打印出来。他本想直接送去给苏京钰市长，但又觉得不妥。因为那样就绕开了主管秘书工作的副秘书长王太端。如果那样，无形中就给本已经有一点儿不和谐的关系增加了不和谐的元素。因此，他还是把已经打印好了的报告拿给王太端，说，这是苏市长让我写的全市年度经济运行分析报告，敬请王副秘书长多加修改，并呈送苏市长。

王太端大声说，你开什么玩笑，杨主任科员写的材料谁敢修改。

杨书平知道王太端的话里有刺，就说，那好啊，假如王副秘书长都不敢修改了，那我就直接送去给苏市长了。

王太端从未见杨书平有过如此态度，愣了一下。但是在办公室这样的场合，他不能给人留下"软"的印象，他对杨书平说，请便。

杨书平不再多说什么，他径直去了苏京钰市长办公室。

杨书平从苏京钰市长办公室回到办公室时，同事们的目光都集中到他的身上。不过，他已经什么都不在乎。因为不在乎什么了，他忽然对"无欲则刚"有了更深一层的理解。他问自己，为什么非要当先进呢？要是因为是先进而先进，那应该要，但是因为把关系弄好了才评上先进，那要这个先进有啥意思？还有，为什么非要争取个一官半职呢？要是能力到了，而且不渗有任何水分，是公平公正提拔上来的，那当然好，但要是因为关系而提拔，这个官职能说明什么吗？杨书平忽然怀疑起自己来。怎么才几天工夫，就变成另一个人了呢？思想怎么一下子就拐弯了呢？是不是老婆给骂醒了呢？不过，他也搞不清楚他的拐弯是福还是祸。

说来也怪，同事们的态度好像发生了很大的变化。这是杨书平从他们的目光看出来的。

这天下午，杨书平正要关电脑下班时，张中义走到杨书平的跟前，说，老杨呀，待会儿一起吃饭怎么样？不喝酒的。

杨书平有一点儿突然。他不敢相信自己的耳朵，这样的邀请有多长时间没有了呀！他环顾了一下办公室，同事们都已经走了。他心里想，是不是年度评先和干部选拔的事马上就要开始了？他已经戒酒，戒了酒就意味着他已经出局。虽然出局了，但是他有投票权，张中义是不是为了争取他这一票呢？他心里在说，不管是什么，反正自己已经不大可能得到什么了，他这张票，其实投给谁都一样。他突然发现，即便戒酒了，但是有人对自己还是有所求的。只要有人对自己有所求，就说明自己还有被别人有所用的地方，有被别人所用的地方，这是一件好事。过去为了得到什么，他对谁都笑容满面；现在呢，不必强迫自己笑容满面了，竟然还有人请自己吃饭，而且还说不用喝酒，这多好呀。

杨书平说，好嘛，不喝酒那就去。他问，还有其他人吗？

张中义笑着说，请杨主任科员吃饭敢喝酒吗？他问杨书平，你想叫谁一起去呢？

杨书平说，我戒酒了，我谁都不敢叫，你想叫谁就叫谁。

张中义说，那就咱哥们儿俩去就行了。

杨书平说，这也行，聊聊，我好久没有和老张聊了呢。

其实，杨书平答应和张中义一起去吃饭，还有另一个原因：他戒酒以后，很少和大伙儿在一起，对本市的很多信息不像以前那样灵通，他想借此机会了解一下市里近些时的情况。

但是真有意思，接下来的几天里，都有人请杨书平吃饭，而且都不用喝酒。正如杨书平所料，年度评先马上就要开始，而且这次评先和提拔有密切的关系。杨书平已经看透，谁先进和提拔谁不都一样？他还看到一个现实问题，那就是他是真正干活的人，不管谁提拔任秘书长和副秘书长，都需要他干活，因此，他料定他们不大可能拿他怎么着。既然如此，他还何必累了自己？

杨书平不想累了自己，他的身心就很轻松，加上大家都争取他这一票，都极力讨好他，因此心情比任何时候都要好。因为心情好，加上总有人请他吃饭，才十来天工夫，他看上去好像胖了不少。

老婆陶秋玮笑着说，看见了吧，不喝酒有多好呀，现在身心有多轻松呀！身体马上就好了啦。

杨书平说，不要太高兴，评先和提拔工作一结束，我就又回到孤独的状态了。

陶秋玮说，无所谓啦，只要身体好就什么都好了。你不听人家说，健康是福吗？

杨书平说，是。我什么都不想了，现在就两件事，一是把本职工作做好，不要让别人找茬子；再一是把身体闹好，这是自己的。

陶秋玮笑了，她笑得很开心。

年度评先和选拔干部工作同时展开。平时在一起喝酒的哥儿们，对自己好像都胸有成竹。投票那天，杨书平晚来了一步。他走进会议室时，几乎所有人的目光都投向他。他们的目光明白无误地告诉他，他们需要他这张票。

杨书平找一个靠后的位置坐了下来。

会议室很安静。秘书长许地人已经决定调任人大常委会副主任，副秘书长也还缺一个。这次有资格提拔秘书长和副秘书长职务的人选只有五个，当然包括杨书平。但是杨书平已经戒酒，戒了酒就意味着已经出局。他已经无所谓。不过在他看来，先进这类事儿就像一盆清水，盆里装有什么，一清二楚。提拔的事儿那就比较复杂，比如说投票之后不是当场开票，比如说组织部还要考察，比如说还要面试，比如说……他正想着，投票开始了。虽然很多人都请他吃过饭，他也都去了。但可能是性格使然，他拿起笔给候选人打钩时，还是在他认为本年度确实是先进，以及有能力胜任秘书长和副秘书长之职的人选名下打上钩。他当然不会给自己打钩，这不是他缺乏自信。他认为，自己已经戒酒，当选已经是不可能的事。他不想浪费这一票。

杨书平清楚，从今天起，他又回到孤独与寂寞了。

也不知道是阴差阳错，还是阳错阴差，反正，所有人都感到意外，杨书平自己当然也意外。投票结果，杨书平不仅选上了先进，秘书长和副秘书长的人选投票,他还排名第一。他想,怎么可能是这个结果呢?这和戒酒有关吗?朦朦胧胧,他看见了这样一个画面:一只河蚌张着壳晒太阳。一只鹬鸟,伸嘴去啄河蚌的肉。河蚌连忙把壳合上,紧紧地钳住了鹬鸟的嘴。鹬鸟说:"今天不下雨,明天不下雨,你就会死。"河蚌说:"今天不放开你,明天不放开你,你就会死!"蚌和鹬互不肯放。这时,一个渔翁走了过去,把鹬蚌一齐捉去了。

经过组织部考察、面试,杨书平当上了政府办秘书长。但是他一点儿都不高兴,他反而犯愁了。最现实的问题是,他已经戒酒。在政府办秘书长这个位置上,不喝酒怎么开展工作?不喝酒能使唤人吗?他一筹莫展。

老婆陶秋玮非常恼怒,她骂道,杨书平,你好不中用啊,人家能当官是高兴的事,而你呢?这像什么呀?你还算是男人吗?你已经戒酒,这是大家都知道的事。大家知道了还投了你的票,这不是什么问题都已经说明了吗?

杨书平看着陶秋玮,一句话也不说。

见杨书平不说话,陶秋玮说,大不了就当什么事都没有发生过就得了,何必呢?身体才是重要的……

没等老婆陶秋玮说完,杨书平打断她的话,说,知道了,大不了就当什么事都没有发生过就是了。好,我还继续戒酒,就这么定了。

老婆陶秋玮笑了。

寻 找

一

李家营发现自己丢失了,但是在要不要把自己寻找回来的问题上,他犹豫不决。

李家营在市政府办工作已经十年,政府办的同事,甚至不是政府办的人,几乎都知道李家营是一支笔杆子,每年年度考核,他都是优秀。政府办的陈副秘书长退休后,他一直代理副秘书长的工作。秘书长张京东说,就李家营的工作能力,他是副秘书长的不二人选。张京东还说,只要组织部来考察,他就推荐当他的副手。但是时间一天一天过去,组织部好像忘记了政府办还缺一个副秘书长似的,一点儿动静都没有。

最近,关于政府办副秘书长的人选议论很多,但是与李家营都没有关系。

吃晚饭的时候,李家营的老婆许小艾说:得跑一跑啦,这个社会,你不跑谁能想到你?你一天到晚就只知道埋头工作,哪儿来时间拉关系?人家是用三分之一的时间做工作,三分之二的时间拉关系,你却相反。现在的社会,工作能力值几块钱?

李家营不说话，但是他认为老婆的话可能是对的。去年市委书记郑春州离任前，提拔的几个局长，就如老婆所说的那样，工作业绩平平，但是人际关系处理得却非常好，特别是和领导的关系，用一个"密切"根本无法涵盖。眼下政府办副秘书长这个职位，虽然秘书长张京东说，他是不二人选，但是最近的议论，却与他一点儿关系都没有。老婆说，如果不跑一跑，被别人填空了，那这辈子的仕途也就算不会有奔头了。

　　老婆见李家营不说话，接着说：为了你，家里的储蓄全都拿出来，不够的话，再向别人借一点，一句话，得把新上任的市委书记秦正搞定，得把组织部长蔡开宁搞定，秘书长张京东也不能想当然，人家说你是不二人选，但是说不定那是官话，是哄你做工作的谎话，还有，即便走过场，民主评议这一关也还得过……

　　李家营对老婆说，这样花费下来，那得要多少钱？不过，在李家营看来，钱都还是次要的，最要命的是他不怎么懂得请客送礼这一套。一直以来，他对那些为了往上爬而人格都不要了的"官迷"们都不屑一顾，然而现在，他也要像别人一样，请人喝酒，给人送钱送物。哦，如果是这样，那他还是李家营吗？

　　老婆许小艾开导说，要当官，你就得读透"厚黑学"。厚黑学的核心是什么？一是脸皮要厚，脸皮厚到什么程度？标准就是刀枪不入。二是心要黑，心要黑，到底黑到什么程度？标准就是你能把人的心挖出来切碎，依然还能笑着，并且脸不变色心不跳。

　　李家营又不说话了。他心想，现在的女人怎么懂得这么多？教育孩子如何读书如何做人还嫌不够，还要教诲老公如何跑官，而且已经到了不惜血本的地步！

许小艾见李家营不说话,她忍不住了,说,如果你李家营这次不把副秘书长的职位跑下来,我们就离婚算了。

李家营心里在说,老婆怎么可以这样说话呢?不过他知道,老婆在朋友圈里调子最低,实际上她只能最低,因为她朋友的,老公都是局长经理什么的。她的那些朋友的老公是怎么当上官的她很清楚。他还知道,老婆之所以把离婚这样的话都搬出来,是想刺激他。他也知道,当下官场中是有一些黑幕,他觉得是应该跑一跑。正如老婆所说,如果副秘书长的职位给别人拿走了,那实在也太窝囊,关键还要落下笑话。

李家营对老婆说,那就跑一跑吧,不过这类事情我不是很在行,而且跑官这类事情,我认定,这是一个人人格的堕落……

没有等李家营说完,老婆许小艾就说,好了好了,我陪你跑,包括喝酒什么的。

李家营有一种无可奈何的感觉。

二

李家营想,应该先找秘书长张京东。张京东说了,他是副秘书长的不二人选。但是这话是不是真心话,抑或是否如老婆所说,是官话,是哄他做工作的谎话,他不得而知。总之,最近关于政府办副秘书长的人选的议论,与他都没有关系。

这天下午,李家营和老婆许小艾去超市买了两斤鱼翅、两斤鱼肚和一斤贝肉,晚上八点钟,他和老婆一起去了秘书长张京东的家。

张京东很客气地说,来了就来了,干嘛还要提这么多礼物?小李呀，这个我就得批评你了，你太客气了嘛。

李家营第一次给领导送礼物，遇到领导说他客气，他就不知道如何回应是好。他两眼看着老婆，那目光分明在求救。

许小艾倒自然，她说，这并没有什么啦张秘书长，家营的脸皮薄，在政府办这么长时间了，才头一次上门拜访秘书长，哦，不是秘书长他才不上门拜访，他横竖就没有上过谁个领导家的门拜过访！

张京东笑笑，说，我和小李在一起工作这么长时间了，我知道小李的性格。其实这也没有什么不好。

许小艾说，家营就知道低头拉车，不知道抬头看路。

张京东还是笑笑，他转头看了看李家营。心想，这个李家营平时在办公室还算是一个活跃分子，怎么现在变得如此局促了呢？

张京东找话题对李家营说，小李呀，你的篮球打得不错，我看你什么时候组织政府这边和党委那边打一场球，秦书记的篮球打得很好，到时候我和陈市长都上场。

说到打篮球，李家营有话说了。他还没有等张京东说完，就打断话说，我也是这么想的。政府这边的实力还是比较强的，我看可以打赢党委。

许小艾急了，她很想说，政府不可以打赢党委，秦书记上场了，政府要是把党委打输了，那还了得？但是她看见张京东的笑脸依旧，就改变了说法，友谊第一啦，政府干嘛非要打赢党委呢？

李家营说，比赛不就是为了赢？

这时，张京东的老婆党义娇沏茶上来。她在市委宣传部工作，是许小艾的同事，又是麻友，她也加入了议论。

党义娇说，我看小李说得对，打球嘛，不就是为了赢？秦书记上任半年多了，按我的看法，他这个人不会计较这些小节。要是政府打赢了党委，按秦书记的性格，他可能认为这是动力。记得不，他才来那会儿，开会时，他不是说，落后不要紧，落后了我们就直起直追。我们要始终把先进当目标，这样我们就不会长期落后。我想，如果党委打输给了政府，秦书记会叫党委这边的人多多练球，再次迎战。

许小艾说，我的看法是，政府要是和党委打球，如果秦书记上场，政府就得输，而且要多输几个球。

张京东不说话。他肥胖的脸上，始终挂着微笑。

李家营说，不就打球嘛，干嘛想那么多？

许小艾说，打球也要让书记高兴，你懂吗？

要不是在秘书长的家，李家营非要和老婆辩论个明白不可，但是在秘书长的家，他就不说话了。

张京东知道李家营上门找他，一定是副秘书长职位填空这件事。

他说，小李呀，最近都听到什么议论了么？

李家营说，现在都在议论副秘书长人选的事，有人说是教育局的王副局长调上来当副秘书长，有人说是组织部的黄春梅提拔上来当副秘书长，还有的说是监察局的林立荣提拔上来当副秘书长，总之议论很多。

张京东的脸上依然挂着笑脸。张京东的这种笑脸，李家营经常看到，有几分和蔼，有几分亲近，有几分神秘。

许小艾很直白，她说，家营在市政府办都干了十个年头了，秘书长你得帮他一把了，他这个人太老实，不能让老实人吃亏。

党义娇说，老张你能说上话吗？如果能，就为小李说几句。小艾说得对，不能让老实人吃亏。

许小艾和李家营很感激地看着党义娇。许小艾心里想，党义娇刚才去沏茶时，多半看了礼物，要不，她怎么会叫张京东为李家营说话？同事和麻友们都说，党义娇很看重钱物，谁来她家办事，要是空手来，她连沏茶这件事都给省了。

张京东说，最近关于副秘书长的人选是有很多议论，不过组织部还没有动静。如果有动静了，我才能有机会说话呀。

许小艾说，提拔的是张秘书长的副手，组织部一定会征求秘书长的意见，实际上组织部会找秘书长推荐人选，这回秘书长可要帮家营一把啦。

张京东笑笑。

李家营不想多说什么，其实他能说什么呢？张京东的笑，不都包含了吗？

临走时，许小艾给张京东的老婆两万元。

张京东说，小李这样我就批评你了，你不要这样呀，都是同事，我不是说了，你是副秘书长的不二人选呀，我能帮我就会帮的呀，你拿回去呀，包括提过来的礼物……

李家营很难为情。

许小艾先发制人，她说，张秘书长是不是见少呢，这算是送礼吗？家营都没有上门拜访过秘书长，这是礼节啦。

许小艾说罢，就拉起李家营的手走出了张家的门。

在回家的路上，李家营说，多难为情，人家都不要，你硬要给人家。

许小艾说，你好傻，张秘书长说是不要，但是他的老婆党义娇说了吗？谁给我们开门的？

李家营在脑子里回放了一下刚才的场景，是啊，在张京东说不要这句话时，是党义娇为他们开了门。他忽然明白过来，哦，原来给领导送钱送物其实很简单。领导说不要，甚至批评你不要这样，那都是客气话，你硬把钱物放下来后走人，这钱这物也就算送出去了，所谓的难为情也就没有了。

三

李家营第一次给领导送礼，算是很顺利。他想，其实领导也是人，只要是人，就有一点儿贪婪。这就好办了。他对老婆许小艾说，还是要买礼物，这回买的礼物要比上回买的礼物大一点，送的钱也要多一点儿。

许小艾明知故问，这回是看组织部长蔡开宁的吗？

李家营说，是的。组织部长很重要。听说政府办副秘书长这个职位要送八至十万元。

许小艾说，钱我都准备好了，下午我们就去超市买礼物。

李家营和许小艾买了三斤鱼肚，三斤贝肉，三斤鱼翅。许小艾迷信，三件礼物她都买三斤，三是升或生的谐音，她希望老公李家营顺利升官。

晚上八点钟，李家营和许小艾来到了组织部长蔡开宁的家。

蔡开宁很热情地和李家营夫妇聊起了天。

李家营想，蔡部长平时很严肃，虽然住在同一个大院，但是每一次在路上遇见了，都只是打一声招呼，话都不敢多说一句就过去了。可是来了他家，他却很热情，而且还有时间和他们聊天。看起来当官的都要有两张面孔，一张面孔是在外面给下属看的，一张面孔是给来家里看他的客人看的。

蔡开宁说，小李嘛，你的工作很顺利嘛。

李家营对蔡开宁这句话摸不着头脑，他不知道蔡开宁想说的是什么，因此也就不知道说什么是好，他只好选择以笑来代替。

许小艾见李家营不说话，她说，家营是个老实人，只知道低头拉车，不知道抬头看路。你看，都住在一个大院里，也不知道常来部长家里看看。

蔡开宁笑了，笑得很和蔼，笑得很真诚，笑得很开心。

蔡开宁说，小李嘛，你很实在，很本分，很敬业，这我都知道。小李嘛，做事很重要，做人也很重要。低头拉车很重要，抬头看路也很重要。年轻人嘛，自信很重要，谦虚也很重要。有主见很重要，尊重领导也很重要……

李家营听着蔡开宁的话，更不知道说什么是好。他搞不清楚蔡开宁是教导他，还是批评他；是肯定他，还是否定他。一句话，他搞不清楚蔡开宁想对他说什么。

许小艾好像听懂了，她说，所以呢，蔡部长就要多多开导家营，他这个人呢，没有当过领导，很多官道上的事儿他不懂。

蔡开宁明白许小艾想要说什么，他意味深长地说，领导的意见很重要，群众的意见也很重要。要提拔一个干部，我们还有一个民主推荐的程序。所以嘛，群众的意见组织部是不能忽视的。

李家营判断，这应该是蔡开宁提醒他，既要做好领导的工作，也要做好群众的工作。如果自己的判断是正确的话，那就可以把话说明白为好。

李家营说，政府办副秘书长之职，现在的议论很多，有好几个版本……

蔡开宁打断李家营的话说，都是在胡扯嘛，我这个组织部长都还不知道嘛。他问李家营，小李你也信？

李家营本来想说，无风不起浪，但是话说出口却是，我也不是很相信，现在的风气就是传，看谁传得逼真。

许小艾接过李家营的话笑着说，传了那么多版本，就是没有一个版本是我们家营的。

蔡开宁笑了，但是他还是原先的那个笑脸，很和蔼，很真诚，很开心。

许小艾见蔡开宁笑得很开心，就说，蔡部长也要让人家传一传我们家营，他在政府办都工作十年了，这样的好事就是轮不上家营。

蔡开宁还是原先的那个笑脸。

……

李家营和许小艾要告辞时，许小艾把装在档案袋里的八万元放在茶几上，说，一点儿心意，就希望蔡部长能给家营一个机会。

蔡开宁从沙发站了起来，说，小李嘛，你得叫小许把东西带回去嘛，机会不是这样给的嘛……

李家营和许小艾没有等蔡开宁把话说完，他们怕蔡开宁把钱和礼物退给他们，就赶快离开了蔡家。

回到家以后，李家营说，很难为情的，这就是买官。

许小艾说，现在大家不都是这样。哦，你想想，蔡开宁是组织部部长，如果他连客气话都不说一声，那他还是组织部长吗？

上床后，许小艾对李家营说，蔡开宁说过的话你都记得？

李家营说，哪能忘记？

许小艾说，蔡开宁部长有一句话很重要，你还记得？

李家营说，哪一句不重要？别看只是聊天，但话中有话。

许小艾说，是这样，他说，群众的意见很重要，还有一个民主推荐的程序。他还说，群众的意见，组织部是不能忽视的。

李家营说，现在提拔干部不都先走民主推荐这个程序。

许小艾说，看起来政府办副秘书长这个空位很快就要填了，人家议论的，肯定是无风不起浪。所以我想，我们得抓紧时间，明天晚上就请政府办的人吃饭。

李家营说，就按老婆说的办。

四

李家营在云海国际大酒店要了一个大包厢，他把政府办的全体人员都请去喝酒。

秘书长张京东说他有事不能去，李家营心想这样更好。张京东他已经打理过了，张京东不去，他更能放开。

云海国际大酒店大包厢里的椭圆形饭桌可以坐三十六个人，机构调整后，政府办也就三十来号人，正好可以围坐在一张桌子上。

第一道菜上来后，李家营就举起酒杯，说，弟兄们，我都代理副秘书长工作好长时间了，但一直没能找到机会请大伙儿喝上几杯，今天大伙儿都有空，我这就补上。老规矩，先净了三杯再说话。说罢，他先把杯中酒喝了下去。李家营喝完之后，大伙儿就跟着都喝了下去。三杯酒之后，气氛就上来了。

李家营是东道主，他给每一个人都敬了一杯酒，接下来是相互敬酒，菜还没有上齐，不胜酒力的几位弟兄，舌头就已经大了，说话开始不清楚了。

秘书科的河冻冰说，李老兄，我看政府办以后要多聚几次，像今天这样，大伙儿多放开呢，过去都是几个人一团，喝得一点儿都不过瘾。

接待办的洪坡青说，河兄说得对，和弟兄们在一起喝酒这才叫痛快。我一天到晚都在陪客，一点儿不过瘾，一点儿都放不开。他举起酒杯，说，我们干，一醉方休。

所有人都举起酒杯，净了杯中酒。

接下来就一个接一个地给李家营敬酒。

喝得有几分醉意的秘书科资料员梁定民说如果……李兄……能当我……们的秘书长那该有多好，我们每个月都可以聚……一次，那多痛快。

河冻冰说，李老兄能当副秘书长也行啊，那我们就……

李家营还比较清醒，他说，老弟能把代理二字给扔掉就好了，那样我们也就可以一个月来云海大酒店聚一次。他问，大伙儿说是不？

几乎每一个人都附和说是。

李家营想，从大家的回应来看，只要组织部来考察，票数不会有问题的。他不想再说这个话题，因为目的已经达到。他叫服务员再上两瓶酒，又掀起一波高潮，直至每一个人都喝得烂醉……

喝到后来，李家营是怎么回家的，过后他一点儿都不记得。

五

李家营的情绪开始乐观起来。

市委书记秦正是交流干部，他星期五回省城，星期一早上回市里上班。

李家营想，星期一至星期五，秦正书记都很忙，而且上门拜访秦正书记的人很多，他要是这个时候去找他，不一定排得上号。因此他和老婆许小艾合计，决定星期六去一趟省城。

李家营和许小艾去超市买了三斤鱼翅，三斤泰国产燕窝，三条软壳中华香烟，带上十万元现金，借了朋友的车，去了省城。

运气不错，秦正书记在家，而且没有别的客人。

秦正见李家营和许小艾跑到省城来找他，按理说应该高兴，但是他知道李家营为什么而来，所以脸面的表情就比较严肃。

李家营有一点儿意外，秦正书记的家装修很简单，不对，应该是很简洁。电视机是国产货，康佳四十二寸，电视的背景墙是浅蓝色，很明显地看见几朵白云在飘动。沙发比较旧，好像是真皮，灰白色，摆设成凹形，凹部放茶几。秦正请李家营和许小艾坐到他的对面。秦正书记的老婆长得很秀气，说长得很斯文可能更准确。人很热情，可能不请保姆，她亲自为李家营和许小艾沏茶，许小艾说她来沏，但她硬是不给。

秦正说，小李呀，你提来的袋子里装的是什么呀？

李家营想，秦正书记怎么这么直接？是不是先问清楚了好在他求他时，直接就可以定调？

许小艾怕李家营嘴巴笨，说不清楚，她替李家营说，我们来秦书记家也没有什么好带的，就买了三斤鱼翅，三斤泰国产燕窝，三条软壳中华香烟。听说秦书记的爸妈还在乡下，住的房子很旧，就给秦书记捐助十万元，好让秦书记在乡下的爸妈早一点改善一下居住条件……

李家营想，老婆好能耐，把话说得如此圆滑。

秦正表情凝重。他从茶几上拿起一包红塔山香烟，抽出一支，也不问李家营抽不抽，点燃一支香烟，吸了几口后，说，小李呀，你和小艾一个月有多少钱工资呀？

李家营老实，不知道秦正书记为什么要问这个问题，他说，两个人合起来差不多有八千元。

许小艾赶紧说，钱多钱少是一码事，有没有心意是一码事。

秦正深吸了几口烟后，说，我都听说了呀，因为政府办副秘书长这个职位空缺，很多人都在跑关系，包括你在内，来我这里的，已经有五个人了。

李家营想，是不是秦正书记嫌他送的钱太少？是不是……

许小艾说，家营在政府办已经干了十个年头。陈副秘书长退休后，家营就代理副秘书长的工作到现在，找秦书记的人当然很多，可也要讲工作能力呢。

秦正不马上说话，他再点燃一支香烟。

李家营想，可能如社会上议论的那样，现在的领导胃口都很大，东西给少了，脸色就很难看，他说，今天来得匆忙，准备得不足，过些天一定再来看秦书记。

许小艾给李家营白了一眼，差一点儿就骂道，李家营你这个笨蛋，难道你还看不出来秦书记在想什么吗？但是她骂不出来，她怎能在书记面前骂自己的老公？

秦正一连深吸了几口烟，然后把烟头丢在烟灰缸里，语调缓慢地说，小许呀，你是在宣传部的呀，跑官这样的风气该怎么引导才好呀，好的风气该怎么弘扬才好呀，如何树立正风这样的问题你们宣传部都研究了吗？

许小艾傻了眼，她一下子不知道说什么是好。

李家营低下了头,不知道该怎么办。

　　秦正还是语调缓慢地说,小李呀,在我的印象中你可不是这样呀,你的事我很清楚呀,你去找过蔡开宁部长,请政府办的人喝过酒,这我都知道呀,其实你的工作没得说呀,你的工作能力没得说呀。但是你把自己丢失了呀,你得赶紧把自己寻找回来呀……

　　李家营无地自容。其实,他已经发现自己丢失了,但是……但是什么呢?

　　许小艾不知道说什么是好。她神情凝重地看着李家营。

　　李家营和许小艾是怎么走出秦正书记家的,他们懒得想起了。不过第二天,许小艾就把借来的钱给还了,鱼翅、燕窝,还有软壳中华香烟,她打了折扣退回去了。

硝烟中飞过一只灰鸽

高和武后来才知道她叫阮南玉。

阮南玉右手提一支冲锋枪,猫着身子,兔子似的往桃花山东侧的大山方向逃跑。

高和武右手持手枪,一路追赶,直至把阮南玉追赶到了悬崖边上。

阮南玉已经无路可走。

高和武在距离阮南玉只有十米远的地方停下了脚步。他大声命令:"不许动。"与此同时,右手举枪对准阮南玉的背部,食指扣压在扳机上。

高和武心里非常清楚,只要食指扣下扳机,阮南玉的命就彻底归西。但是怪怪的,他的潜意识好像没让他开枪,而且脑海里还生出一个在他看来非常奇怪的念头:她这么年轻,留她一条生路,或许……这个念头一闪现,他马上想到身后还冒着硝烟的战场。他问自己,要是留她一条生路,能对得起倒在她枪口下的十多个战友吗?特别是姜玉国。

姜玉国是个老兵,他头脑灵活,军事素质好。出征的前一天,他接受连长常新艺的命令,从二排四班调到尖兵一排为高和武担任战时通信员。大约十八分钟前,姜玉国在阮南玉的冲锋枪扫向尖兵排,一梭子弹正要扫向高和武时，用身体挡住了子弹。姜玉国牺牲了，高和武活着。高和武知道自己还活着时，他立即从土坎下爬起来。他咬着牙，要亲手杀死阮南玉，当然，还包括隐蔽在山腰处猫耳洞里的敌人，为姜玉国报仇，为牺牲了的战友报仇。

但是，就在高和武正要下命令让尖兵排活着的士兵向桃花山发起进攻时，他发现敌人的火力非常猛烈。他决定请求连长常新艺向桃花山之敌实施炮火准备五分钟。连长常新艺接受他的请求，立即下令加强给尖兵三连的八十五炮排，向桃花山顽敌猛烈炮击，同时，命令重机枪排集中火力压制敌人的火力点。在我方炮火准备期间，高和武透过弥漫的硝烟，观察敌情地形。他清楚地看见阮南玉冒着我方炮火，端着冲锋枪，依托堑壕，向匍匐在山脚下土坎一线的尖兵排猛烈扫射。高和武眼睛冒出火花，牙齿咬得咯咯响。他掐准时间。我方五分钟炮火准备时间一到，他立即指挥尖兵排发起冲锋。高和武冲在最前头。他是信阳陆军学院指挥系毕业的高才生，知道指挥员应该在的指挥位置。但是尖兵排牺牲了那么多战友，仇恨已经填满了胸膛。发起冲锋后，他就死盯着阮南玉追赶。

此时，阮南玉就站在他的跟前。她已经无路可走。她的战友在我方炮火准备时，差不多已经被炮火炸死，还没死的，也已经逃跑到桃花山西侧的大山深处。高和武之所以有这个判断，主要是桃花山这一仗打到最后，只有阮南玉一个人在战壕里顽抗，而且在他追杀她的路上，到处是敌人的尸体。由此他进一步推断，阮南玉已经没有了后援。她手中的冲锋枪，应该已经没有了子弹。高和武在追杀她的路上，她曾试图转身开枪，但没见枪响。这就是说，阮南玉这条命，已经完全掌握在他的手中。他要她死，她就没法活着。他让她活着，那多半是死去的战友同意他不开枪。

高和武想，她有我们狼牙山五壮士那种勇于牺牲的革命精神和英雄气概吗？只有一步，她就可以跳下悬崖。高和武坚定地认为，她不可能，只有我们的军队才有这样的勇士。

高和武举枪的右手有一点抖动。在一七二团排长以上干部，谁不知道他是出了名的神枪手？况且距离这么近。他自信，只要决定开枪，想打在阮南玉的哪一个部位，应该可以打中哪一个部位。还记得在边境临战训练时，全团排长以上干部在驻地召开出征动员大会。会间休息时，团长李子龙把团部后勤协理员符昌式找来，说，中午宰猪加菜。符昌式当即带领炊事班班长何省才就地买回一头黑猪。何省才指定炊事班有宰猪经验，且力气大的四个老兵，把黑猪按倒在一块木板上。他手持一把尖刀，先给猪的喉咙浇上一瓢冷水，洗净，接着把尖刀对准猪喉。就在何省才的尖刀正要刺向猪的喉咙时，万万没想到，那头黑猪的求生欲望非常强烈，力气奇大，四只脚乱蹬一通后，挣脱开四个士兵，在众目睽睽之下，叫着往山上跑。团长李子龙笑嘻嘻走到高和武跟前，说："高排长，我命令你给它一枪。"

高和武两脚并拢，立正，大声说："是。"紧接着，只用了不到六秒钟，就完成了从腰间手枪套里取出手枪、上膛、举枪射击的全部动作。围观的军官们只听见"嘭"的一声枪响，往山上逃跑的猪应声倒地。团长李子龙亲自上前查看，子弹从猪的左耳入，右耳出。李子龙为自己的部下有如此精准的枪法感到自豪。他大声说："十环。"在场的所有军官热烈鼓掌大声叫好。

但是那天，也不知道是咋的，高和武竟然高兴不起来。在以前，他只知道猪肉有多么好吃，但是从没见过猪被宰杀时有如此惨状。他当时想，这猪还活蹦乱跳的，怎么一下子就被杀死了，而且很快就给煮熟送进入的肚子里。

团长李子龙好像看出高和武的心思。他走到他跟前，右手拍了拍高和武的肩膀，大声说："咱当兵的，心得要狠。在战场上，面对敌人，你死我活。你要是心软了，你就得死在敌人的枪口下。老人家说，只有消灭敌人，才能保存自己。就战争而言，这是真理。"

是的，就战争而言，这是真理。

高和武想到团长说过的话时，他的食指有意识地加重了对扳机的压力。不过扳机显然没有扣压到位。或许，真的有鬼魂，隐隐约约，他好像听见姜玉国责问他的声音："高排长，你怎么还不开枪呢？"

几乎同一时间，高和武看见阮南玉把手中的冲锋枪扔下了山崖，高举双手——阮南玉投降了。

高和武问自己，阮南玉都举手投降了，你还要开枪吗？但是他马上想起大前天攻打三〇二高地时的教训。

那天，高和武带领的尖兵排埋伏在山脚下的一个村庄里待命。一班隐蔽在一栋高脚屋下。有一个长得瘦小，脸面熏黑，眼睛老大的中年妇女，她上身穿一件宽松的叶绿色上衣，配一件黄绿色长裤，两手空空向一班隐蔽的方向走来。一班长张坚渚发现目标后，马上向排长高和武报告。高和武判断，这个中年妇女应该是平民百姓。他命令一班长张坚渚不许开枪，但是要先把人抓起来，待尖兵排向三〇二高地发起进攻之后再放人。张坚渚接到高和武的命令后，立即派兵抓人。然而始料不及的是，那个中年妇女迅速从腰间取出两枚手榴弹，拉开导火索，掷向一班隐蔽的高脚屋，接着拔腿就往山上跑。一班的战友们还来不及躲避，手榴弹就爆炸了。一班长张坚渚当场牺牲，副班长苏于渔、新兵陈小光和付志佑，也当场牺牲。高和武感到这个教训太深刻了，一个看似平民百姓都能如此，况且眼前这个扛枪打仗的女兵。她把手中的冲锋枪扔下了山崖，举手投降，是不是也要重演那个妇人的把戏呢？

高和武很犹豫。

就在高和武犹豫之时，他好像听见一班长张坚渚的声音：高排长，你咋还不开枪？大前天的教训还不够深刻吗？

是呀，大前天的教训太深刻了。即便在朝鲜战场上，这样的战例也是很少见到的。想到这里，高和武的食指有意识地给手枪扳机加重了压力。他知道，只要再加重一点点，子弹就会从枪膛里飞出去，击穿她的头颅，她当即就会倒下，从此离开这个世界。他的很多战友，不也是被她的枪口飞出来的子弹击穿头颅或者胸膛，而去了另外一个世界的吗？就让她也到另一个世界去和战友们再交战吧。如果那样，一班长张坚渚一定非常高兴。他太了解张坚渚了，只要有仗打，他就高兴。张坚渚来自江西。他的祖父张之巽在井冈山打过无数次大仗。他的父亲张老黑十三岁当兵，打过日本鬼子，还端着冲锋枪带领一个连的兵力突破日军的包围圈，之后仅调整了一天，又带领这个连活着的士兵杀回马枪，向敌人反扑，仅三天时间，歼灭敌人一个营的兵力。他的父亲成为英雄。张坚渚很想和他的父亲一样成为英雄。但是他才打了几仗，他的才华还未展露，就牺牲在那个瘦小的中年妇女的手榴弹之下。太可惜了。张坚渚是尖兵排指挥能力最强的班长。他牺牲了，等同于把高和武的右臂给折断了。高和武很伤心，很愤怒，他甚至想一路打下去，一直把敌人杀个精光，这样才解恨。

想到这里，高和武又给手枪扳机加重了压力。

突然，阮南玉转过身来。她双手依然举着。高和武终于看清了她的面目：一顶迷彩军帽下，一张古铜色的圆脸，大眼睛，蒜头鼻，厚嘴唇，二十二岁上下，看上去气质很好。高和武觉得，迷彩军装穿在阮南玉的身上显得很别扭。但是她穿上了。她穿上了这身迷彩军装，意味着她每时每刻都要在为生死战斗。她杀死了高和武那么多战友，为的是她能活着。高和武和阮南玉一样，也在为生死战斗。即便眼前的阮南玉长得漂亮，也不能放过。老人家说过，只有消灭敌人，才能保存自己。就战争而然，老人家的话是真理。

阮南玉好像看出了高和武的心思，猜想到他接下来要干什么。她用不是很准确的中文说：你不可以杀死我，我现在手中没有枪，我实际上已经是战俘。依照国际战争法，战俘是不可以被杀的。

高和武愤慨地说：你这个罪大恶极的家伙，你杀死了我那么多战友，你以为你这条命就能抵得了吗？

阮南玉说：在刚刚过去的战斗里，我们都是战士。既然是战士，面对面，手中都拿着枪，你死我活，很公平。可是现在，你手中有枪，我没有。我是主动放弃枪支的，而且已经举手投降，你要是杀死我，这是非常不公平的。

高和武问：什么叫公平？现在我和你都还在战场上，都是战士。你杀死我的战友，我现在杀死你，这是最大的公平。我们中国有句话，血债要用血来还。你懂吗？

阮南玉说：我懂。连你们的战术我都懂。我是读你们的军校毕业的。

高和武愣了一下，他分了一下心。不过很快，他的心神马上高度集中起来。他心里想，怪不得他们在山腰处挖战壕的走向和角度这样精准，而且对我军尖兵排开辟通道时所运用的战术如此了解。从桃花山之战来看，阮南玉和她的战友知道我军抢占桃花山这样的小山头，至多用一个排的兵力。他们甚至对尖兵排的兵力部署都非常了解：助攻方向一个班的兵力，主攻方向两个班的兵力。排长的指挥位置在主攻方向的中间位置。呵呵，怪不得她猛烈地向他扫射。她想先杀掉尖兵排排长，使尖兵排处于无指挥员的状态。要是姜玉国没有挡住子弹，阮南玉就成功了。呵呵，好家伙，看你现在还能怎么着？

阮南玉的左手举着，右手移至第一个衣扣。

高和武很警惕。他想起炸死一班战友的那个瘦小的中年妇女。他马上扣压扳机，子弹从阮南玉的帽檐穿过。帽檐上现出一个小洞。洞檐冒起烟。高和武闻到一股头发烧焦的味道。

高和武为什么没让子弹从阮南玉的头颅穿过去呢？说实在话，连他自己也没弄明白。

阮南玉脸不变色心不跳。她笑着说：哦，子弹偏高了呢！多谢你啦！

高和武厉声斥责：你废话。我警告你，别耍花招。

阮南玉说：我没耍花招。我的手举得时间太长，衣领勒着脖子怪难受的，我想解开一个衣扣。

高和武说：废话少说，把手举起来。

阮南玉右手重新举起。

高和武好像听见连长常新艺的声音：一排长，这可不是你的枪法！你带领的尖兵排差不多都牺牲在这个混蛋的枪口下，你还犹豫什么呢？赶紧开枪呀！

不知是咋的，高和武扣压手枪扳机的食指反而稍微松动了一下。

连长常新艺说得对，是眼前这个阮南玉，她不仅用冲锋枪向尖兵排扫射，还向尖兵排投掷了大量手榴弹。当时姜玉国已经牺牲。高和武用望远镜往山上看，敌军兵力不多，大约只有一个班敌军防御，我军进攻。敌军不但在高处，还挖了战壕，而且桃花山与周边的大山相连，机动性非常强。高和武请求连长常新艺炮火准备时间为五分,但是常新艺从下令炮火准备开始,到炮火准备结束,显然超时十秒钟。高和武是在预定炮火准备结束的那一秒,指挥二班长李国太带领二班战士发起冲锋的。但是二班冲锋时,我军炮火准备还未停止,有几个战士在向桃花冲锋时,不幸被我军炮火误炸伤亡。高和武很气愤。他不能骂娘,他手下还有士兵。战场上,他必须维护连长常新艺的威信。但是在追赶阮南玉的路上,他的心里一直犯嘀咕,要是连长常新艺炮火准备准时结束,二班就不会失去几个战友,自然,也就增加了几分战斗力。如此,桃花山之战就不会打得这么艰苦。

高和武越想越恼火。不过那是战后总结经验教训的事,眼前是要杀死,还是活捉阮南玉的问题。

阮南玉问:能动一动吗?

高和武大声骂道:屁话。

阮南玉说:允许我解开第一个衣扣。

高和武的眼睛冒着火花。

阮南玉提高嗓子,说:不行啊,很憋气的。

高和武大声喝道:你敢动?

阮南玉好像没听见似的,她的左手依然举着,右手再一次下移到脖颈处,解开第一个纽扣,露出雪白的肌肤。

高和武的眼珠子定格在阮南玉雪白的肌肤上。不过只有两秒钟。这两秒钟,他的脑海里闪过未婚妻叶小炜椭圆白皙的脸面。他还清清楚楚地看见阮南玉稍长的脖颈上有三条细细的横纹。他甚至断定,阮南玉古铜色的脸面是太阳晒的。

阮南玉说:真的很憋气,我还得解开一个扣子。说着,右手就往下移。

高和武骂道：你得寸进尺？

话音刚落，他就扣下扳机，子弹穿过阮南玉左肘部内侧肌肉。没人不知道肘部内侧那块肌肉其实没有大的血管，流出来的血，只是一些毛细血管中的血，根本不会造成生命危险。

高和武严厉地说：再动，子弹就得从你的胸膛穿过去了。

阮南玉的脸面勉强地笑了笑，说：哦，按你的枪法推断，我这条命一定是保住了。说着，她低下头看了看自己的左肘部，说：流了不少血呢，给我包扎一下好吗？

高和武骂道：你放狗屁。

阮南玉有点着急的样子：我已经没有了急救包，你给我一个好吗？

高和武真想一颗子弹把她送上西天了事。但不知是怎的，他总是下不了决心。

阮南玉笑着说：你别小看这血，流多了也是不行的。

高和武说：关我屁事。他的眼睛飞快地扫过阮南玉左肘部流出来的血，稀而鲜红，这哪会有事？他接着说：你真的有种，就从山崖跳下去，好让你的祖国树你为英雄。

阮南玉说：呵呵，恰恰相反，我对英雄毫无兴趣。真的，一点儿都不感兴趣。她停顿一下，眼睛看着高和武背后还冒着硝烟的战场，接着说，我参加战斗，那是不得已的事。这和我开枪打死你的战友是一样的，可谓身不由己。你懂的，我是士兵。士兵在战场上不能不开枪，这点和你应该是一样的。我告诉你，我家起码有六个人长期和你们做边贸生意。打仗对我有什么好处？

高和武愣了一下。他心里想，这个家伙怎么这么会说话。

他说：你不想当英雄，那是你的事。我和你却相反。我当兵，就是想当英雄。

阮南玉说：你想当英雄我不反对。不过我说了，我现在是俘虏，呵呵，还是当俘虏好，俘虏有国际战争法保护的。当然，像现在这种情况，你真的要开枪杀死我，打个国际法擦边球那也能说得过去。但是我还是希望你不要杀死我，因为跟刚刚过去的战斗有一点不同。现在我真的不想死。我认定活着比死去好。

高和武说：你既然知道这样，为什么还杀死我那么多战友？难道我的战友就不知道活着是美好的吗？况且，我们打这一仗，是迫不得已，是出于自卫。

阮南玉说：不管怎么说，那是战场。

高和武说：此时就不是战场了？

阮南玉说：当然是。但是我投降了呀！

高和武说：问题是，此时依然还是战场。

阮南玉说：你这样说我实在很失望。

高和武觉得和跟前这个敌兵说的全是废话。不过他还是拿不定主意要不要开枪杀死她。要是不杀死她，对死去的战友实在是一种罪过。如此，等自己有一天也去了那个世界，非被战友们剁个稀巴烂不可。但是……

"嘭"，高和武听到背后一声枪响，他跟前的阮南玉当即倒在山崖上，鲜血从她的左腹流了出来。

高和武转过身，看见连长常新艺带领十几个士兵从山坡下往山崖上冲。

高和武知道这是连长常新艺开的枪。他一个箭步冲到阮南玉跟前，快速从腰间取出背包带，捆绑住了阮南玉的双手。

常新艺带领的士兵冲到跟前。

阮南玉已经是俘虏。

高和武没有请示连长常新艺。他命令冲上来的一班副班长吴中虎取下自救包，给阮南玉包扎止血。紧接着，他命令一班四个士兵用下雨衣，把阮南玉抬到山下。那里，有团部卫生队的救护车。

高和武知道，战后总结经验教训时，常新艺和他一定会围绕着阮南玉的生死有一场辩论。实际上他也搞不明白自己为什么会是这样。但是既然已经把阮南玉捆绑，她已经成为俘虏，只能拿出男子汉的担当了。

往山下撤退时，已经是傍晚时分。桃花山上的硝烟还没有消尽。高和武抬头看了看天空，有一只灰鸽，从桃花山上空飞过，它向着夕阳的方向飞去。

等待今天

少校团长陈少华决定去一趟昌淮市。八月中秋节这天,他有个约会。这次约会是十年前就已经约定好的。当然,陈少华并不知道李晓丛是否还记得这次约会。就算她记住了,她愿不愿意赴约?陈少华心中无底。他自我安慰,就算李晓丛忘记了,或者记得,但是不愿意如约,他也要去,就当是去重温一个已经被惊醒了的旧梦。

陈少华下榻绿园宾馆。

绿园宾馆的东面是陈少华和李晓丛的母校,西面是昌淮市绿园公园。绿园公园小西湖的南面,有一片茂密的竹林。这片竹林深处,无序地放着十多条石凳,靠在围墙边上最尾的那条石凳,就是陈少华和李晓丛约会的地点。读大二起,陈少华和李晓丛几乎每个周末的夜晚都在这条石凳上幽会。后来陈少华和李晓丛分手了。陈少华和李晓丛分手是因为陈少华在大学毕业分配时,选择了军人这个职业。

那天月色朦胧,没有一丝风,公园里一片寂静。陈少华和李晓丛坐在那条石凳上,因为争论过,已经沉默很久了。

李晓丛打破沉默。

李晓丛问:"没有商量的余地了?"

陈少华说:"没有商量余地了。"

李晓丛说:"但是你对军事一窍不通。"

陈少华很自信地说:"去军队院校进修一年后什么都通了。"

李晓丛还是不甘心。她作最后的努力,就像外交官谈判一样,没有谈到最后,决不让步:"和平年代的军人,确实不如战争年代的军人那样受人尊重。"

"我不管这些。国家总得有人保卫!"陈少华说这句话时,口气显得比先前生硬,"我说的不是大话。"

李晓丛说:"但是你已经读完大学,你可以在更能发挥才能的领域为国家做贡献呀!"

陈少华说:"军人这个职业很适合我,来学校招兵的军官说,部队很需要我们这类人才。"

陈少华和李晓丛又回到了沉默。

很长时间后,李晓丛说:"那好,要是你真的非要从军不可的话,我就……"

李晓丛还没把话说完,陈少华已经站立起来。

陈少华提高嗓音说:"随你的便,反正我是决定了的。"说完,他看都不看李晓丛一眼就走了。

李晓丛哭了。那一夜,她一个人坐在那条石凳上直至深夜。

转眼十年过去了,陈少华仍然单身。很多好心人为他介绍对象,但是都给他婉言谢绝了。在这十年里,陈少华很想给李晓丛写信,但是他不知道李晓丛大学毕业后,分配哪里工作。那年陈少华是提前离开大学去军队院校进修的。他离校那天,全班同学都来为他送行,唯独李晓丛没有来。陈少华到军校以后,曾经为他和李晓丛的分手痛苦了一阵子。但是随着时间的流长,他面对现实了。现在来看,他认为,他和李晓丛分手是对的。他已经是一个残废军人。

六年前的一天,陈少华时任连长。他组织全连手榴弹实弹投掷,一个叫甘青战的新兵,胆子特别小,面对实弹,他临阵慌了手脚,手中抓着已经拉开导火索的手榴弹,不知向哪个方向投掷,结果掉落在隐蔽部的土坎上。陈少华想都没想,一个箭步冲上去,一把将甘青战拉下隐蔽部,将身体紧紧压在他的身上。手榴弹爆炸了,甘青战安然无恙。陈少华算是幸运,他没被炸死,但是他的左手肘部被炸断,他残废了。残废之后,他常常想,要是他没和李晓丛分手,那他将连累她一辈子,那样得有多内疚呢。

陈少华决定赴约,当然并非他对李晓丛还存有什么希望,这次约会,是李晓丛提出来的。

大三那年八月中秋节之夜,陈少华和李晓丛来到绿园公园那片竹林,坐在那条靠在围墙边上最尾的石凳上,圆圆的月亮悬挂在深邃的天空上。晚风清凉,四周寂静,这个世界好像只有陈少华和李晓丛。

李晓丛说:"八月中秋夜的月真亮真圆。"

陈少华说:"月亮真亮真圆。"

陈少华和李晓丛进入梦的世界里。

陈少华和李晓丛在梦的世界里坐了很久以后,李晓丛好像想起了什么似的,说:"我有个建议,现在就定下来,十年后的今天,我们还是在这里约会。"

陈少华问:"就咱俩?"

李晓丛说:"肯定就咱俩。"停了一会儿后,李晓丛强调说,"无论那时咱俩在什么地方,无论这个世界发生了什么变化,无论咱俩之间发生了什么事情。"

陈少华说:"一言为定!"

李晓丛说:"一言为定。"

陈少华和李晓丛勾了手后,陈少华借着月亮看了看表,说:"九时整。"

李晓丛重复陈少华的话说:"九时整。"

一次十年后的约会就这样定下来了。

陈少华很激动。他一把将李晓丛紧紧地拥抱在怀里。那个中秋之夜,陈少华头一次吻了李晓丛。

10年了,很多事情都发生了变化,有些事情已经被岁月给冲走。但是这次约会,却常常勾起陈少华对过去的回忆。有时想,要是一个人始终活在梦里,那该有多好呢!然而梦已经实实在在地醒来了。昨天陈少华刚来到昌淮市,他就迫不及待地想知道李晓丛的去向。他去看望了留校任教的同学赵之松,赵之松告诉陈少华,李晓丛大学毕业后,志愿回本省一个偏僻的山区工作,据学校跟踪调查得知,李晓丛干得不错,学校计划在近期请李晓丛、陈少华,还有几个毕业后干出成绩的同学回母校做报告。陈少华对赵之松的话反应平淡,但是对李晓丛的行动却有点儿意外,当然还有点儿费解。

陈少华和李晓丛是同籍老乡。陈少华的家乡在省城的东部,李晓丛的家乡在省城的西部,省城的南部是山区。陈少华推断李晓丛现在在南部山区工作。那个山区离省城几百公里,从省城到昌淮市至少有两千多公里,如此遥远的路途,陈少华断定李晓丛不会来赴约了。他自我安慰,我是来重温那个梦的。因此到了约会时间,他还是去了绿园公园。

城市的街道灯火通明,五彩缤纷,到处是节日的气氛。陈少华没有心情去欣赏这夜景。他沿着熟悉的绿园公园小径,一步一步地走向那片竹林。借着月光，陈少华远远地看见有人坐在围墙边上最尾的那条石凳上。他停下了脚步。他想，要是那条石凳空着，即便李晓丛没有来，他也要走过去坐一坐，因为那条石凳上，有他和李晓丛编织过的梦。

陈少华站在离石凳十多米远的地方，他不打算就此回去。他想在附近的石凳上坐一坐，对于这片竹林，他太留恋了。

"陈少华。"

陈少华正要转身走向另一条石凳时，他听见有人叫他的名字。

他有一点儿惊讶，他心里在说："李晓丛？那声音像是李晓丛！"他马上否定了，"是幻觉！"

他站住不动。他四周张望。坐在那条石凳上的人站了起来。他定睛一看，没错，是李晓丛！

"李晓丛！"陈少华简直不敢相信，他很激动，是那种按捺不住的激动。

陈少华走了过去。他和李晓丛紧紧地拥抱在一起。但是陈少华很快意识到什么，他马上把李晓丛推离怀抱，连声说对不起。

李晓丛不说话。其实此时此刻，万语千言也表达不尽她的心境。

陈少华和李晓丛在那条久违了的石凳上坐了下来。

李晓丛说："我还不到七点钟就来了，我已经在这条石凳上坐了两个多钟头了。"

陈少华说："我当你不记得了呢！"

"哪能忘记？！"李晓丛说，"我相信你会来的。"

"为什么？"陈少华问。

"凭女人的直觉。"李晓丛说。

陈少华有千言万语要对李晓丛说，但不知道从何说起。当然有些话不知道当不当说。

陈少华和李晓丛回到了沉默。两个人的眼睛都看着天上悬挂着的圆圆的月亮——毕竟别离十年了啊！

李晓丛打破了沉默。

李晓丛重复了十年前的话："八月中秋夜的月亮真亮真圆。"

陈少华说："月亮真亮真圆。"

他们又回到了沉默。

几分钟后，李晓丛问陈少华："结婚了吗？"

陈少华说："没有，对象都还没有找呢。"

李晓丛心中大喜。

陈少华问李晓丛："结婚了吗？"

李晓晓丛说："没有，对象都还没有找呢。"

陈少华心中大喜。

陈少华问李晓丛："为什么还不找呢？岁数已经不小了。"

李晓丛直白地说："等待今天。"

陈少华全身似通了电流，语言无法描述他此时此刻的心情。但是过了一会儿，陈少华冷静了下来。

陈少华细语轻声地说："那时你为什么……"

没等陈少华把话说完，李晓丛便打断了他的话，说："那时我实在没法想通。你已经读完大学，在哪个领域不可以为国家做出贡献，何必非要选择军人这个职业？后来慢慢想来，觉得你的选择是对的。军人这个职业艰苦，而且比别人付出的要多得多。但是如果没有付出，没有人当兵，哪有国的安宁？为了以实际行动回应你，我主动要求分配回本省山区工作。"说到这里,李晓丛停了一会儿,接着说:"但是那时我不同意你的选择,不等于我们非以分手为代价。其实那个夜晚,我是想对你说,要是你真的非要选择军人这个职业,那我就随你的便。可是你并没有等我把话说完,你就走了……"

陈少华内疚、自责、痛苦。他是个男子汉,但是他的眼眶里溢满了眼泪。

陈少华对李晓丛说:"我已经残废,你不嫌弃我吗?"

李晓丛说:"早从报纸上读到了你的事迹,很想给你写信。但是报纸上说你在某部,没法弄清楚你的通信地址……记得你离开大学去军队院校进修的前一晚,我哭了一整夜,第二天眼睛肿肿的,没法去送你。要是……"

陈少华不再让李晓丛说下去。李晓丛还是原来的李晓丛。陈少华把李晓丛紧紧地拥抱在怀里……

八月中秋节的月亮真亮真圆,竹林深处好寂静好寂静,那情景,似十年前的情景。

阿　昌

阿昌每次路过邻居阿庆家的门口，阿庆家养的那条母狗都要狂叫好一阵子，很吓人。不过阿昌习惯了，每次阿庆家的那条母狗狂叫时，他都不跑。他悟出了那条母狗的脾性，你越跑，它就越狂叫，甚至追赶你，而且还要咬你。如果你慢慢走，那条母狗只狂叫一阵子后，便归于寂寞了。

这几天，阿昌路过阿庆家的门口时，不见阿庆家那条母狗狂叫了。他很是纳闷，甚至有点不习惯。他去邻居阿西家问阿西：阿庆家的那条母狗怎么不见狂叫了？阿西说他也不知道。阿西拍了拍阿昌的肩膀说，阿昌你真是多管闲事，人家阿庆家的狗不狂叫了，这到底与你阿昌何干？你阿昌不是和阿庆互不往来好几年了吗？怎么人家阿庆家的狗不狂叫了你也如此关注？况且阿庆家的狗不狂叫了，对你阿昌来说不是天大的好事？

阿昌无话可说。

五年前，阿昌的朋友阿东把一块地皮卖给阿昌，就是阿昌现在建了私人住宅住着的这栋两层小楼的地皮。小楼南向，左邻是阿庆，右邻是阿西。阿昌和阿庆互不往来的起因是阿昌要建私人住宅时，阿庆突然责怪阿昌买了这块地皮。阿庆叫阿昌把这块地皮转让给他。阿庆想买这块地皮是用来建一个洗车场。阿昌对阿庆说，我阿昌连房子都没得住，阿东才把这块地皮卖给我。你阿庆倒好，叫我阿昌把这块地皮转让给你阿庆建洗车场……阿昌和阿庆吵了起来，甚至大打出手，之后阿昌和阿庆双双进了看守所，之后阿昌和阿庆就互不往来了。

对于阿昌和阿庆吵架乃至打架这件事，那些与阿昌有过交往的人都有一种不可思议之感。

阿昌人长得很平常，个子矮小，皮肤很黑，额头上有皱纹，说话轻声细语，对人总是客客气气，很有几分绅士风度。像阿昌这种人，怎么可能和阿庆打架呢？

不认识阿昌的人，看阿昌的外表，多半认定阿昌是属于那一类把一分钱看成一座山一样重的人。其实不然。阿昌人比较讲道理。他把利益看得很淡，把情义看得很重，而且很热心公益事业。一个多月以前，省报上说，有一个叫黄小晴的女孩，十三岁，患了白血病，父母亲是下岗工人，有一个洗车场，生意还算不错。但是女儿患白血病后，为了筹集资金救治女儿，黄小晴的父亲把洗车场卖了，甚至把家里值钱的东西也全都卖了。但是要治好黄小晴的白血病，还需要至少六十万元。省报呼吁，为了让黄小晴年轻的生命得以延续，希望全社会伸出援助之手，共同抢救黄小晴。阿昌看完报纸后，非常伤心。他马上给报社打电话，询问捐款有关事宜。报社有一位女编辑接了电话，很热情地和阿昌聊了好一会儿。在与女编辑聊的过程中，阿昌知道黄小晴其实和他同在一个城市，而且这位叫黄小晴的小姑娘学习成绩很好，现在已经有人捐献骨髓，只要有钱，医院马上就能为黄小晴动手术。女编辑还说，现在已经有五十六人共捐款六万多元，阿昌是第一百五十一位打电话到报社询问这件事的人。如果阿昌要捐款，可以把款打到报社专设的账户上，也可以直接把钱存到黄小晴的专用账户上。阿昌对那个女编辑说，为了及早抢救黄小晴，他决定捐款五万元。女编辑对阿昌表示感谢！并把捐款的专设账号告诉了阿昌。阿昌在女编辑的再三请求下，留下了他的基本情况。从那以后，阿昌几乎天天看报纸，关注黄小晴的病情发展。十多天前，报上说，黄小晴的白血病手术很成功，而且黄小晴的身体恢复得很好。还说，黄小晴很快就可以出院回学校上课了。阿昌看见这条消息后，很是高兴。他心想，自己算是为这个社会献了一点爱心。

因为黄小晴已经病愈，阿昌就不再关注黄小晴了。但是阿昌对阿庆家的那条母狗为什么不狂叫了这件事，却很关注。

阿庆家的那条母狗不狂叫了，其实像阿西所说，与你阿昌何干！但是也不知是咋的，阿昌反而有一点不习惯了。尤其是这几天，闹不清楚怎么回事，阿庆家突然热闹起来，出出进进的人很多，但是那条母狗的声音就是听不见。难道阿庆把那条母狗给卖了？阿庆家的那条母狗，是阿昌建好房子搬迁以后，他才买回来的。阿昌心里明白，阿庆买回那条母狗，是专门用来对付他阿昌的。但是阿昌不在乎，阿昌认为，有很多事情开始时会很不习惯，但是忍耐一下，过一阵子就习惯了。可不是吗？阿庆刚买回那条母狗时，每次阿昌路过阿庆家门口，那条母狗总是疯狂地叫个不停，有几次甚至追赶他，好像非要把他咬个皮开肉绽才罢休。其中有一次，那条母狗把阿昌的衣服和裤子都给抓破了。当时阿昌真想拿起木棍把那条狗打死再说。更为可气的是，阿庆看见自家的狗追赶阿昌，他竟然不吭一声，甚至还偷着乐。阿昌很恼火。阿昌很想去法院起诉阿庆，至少有一个说法。但是阿昌想了想，邻居啊，不能把关系弄到不可调和的地步，那样其实对谁都不是一件好事。一辈子有多长啊！还有孩子，还有孩子的孩子呢！能有完吗？如此想来，阿昌就决定不起诉阿庆了。

既然决定不起诉阿庆,又不能把阿庆家那条母狗打死,那么阿昌该怎么办呢?阿昌想了好几天,他决定研究出一个与阿庆家那条母狗周旋或者相处的方法。阿昌相信,狗是通人性的,只要方法得当,当然,如果能够和那条母狗建立起一种"互通"关系,那就更好。如果那样的话,就不至于每次路过阿庆家的门口时,那条母狗都要狂叫甚至追赶了。

阿昌相信自己一定能够找到与阿庆家那条母狗打交道的方法。他之所以那样自信,是因为他有与猫打过交道的经验,况且猫相对于狗而言,不如狗通人性。

阿昌住私人房之前,曾经住过房改房。楼房里的人都不怎么往来,甚至自家的对门,也很少串门。

那时阿昌的对门叫阿海。阿海的老婆叫阿茜。阿海和阿茜结婚十多年了,硬是生不出一个孩子来。用无聊和空虚来描述阿茜的心境比较贴切。因为阿茜无聊和空虚,所以阿茜就养猫打发时间。不过阿茜和阿海都是工薪阶层,不能像有钱人那样买诸如阿斯菠萝猫那样贵重的宠物猫。阿茜花了20多元从菜市场买回来一只普通家猫。那只猫的毛是黑色,有不规则的白色斑点,看上去就像夜里的天空繁星点点。阿茜很爱她的猫,她给那只猫起名叫星点。但是星点毕竟没有宠物猫家族的血统,它缺乏一种温柔可爱的气质,它野性十足,而且还经常嚎叫,特别是在深夜,经常在别人都熟睡时,来那么一阵子嚎叫,不仅把阿茜和阿海从睡梦中吵醒,对门的阿昌也都被吵醒了。关键还不在于此。星点好像主人阿茜没有喂饱似的,经常跑到对门的阿昌家里来偷吃食物。更为可恶的是,星点竟然咬人。有一次,阿昌下班回家,正要开门,星点就冲了上来，扯阿昌的衣服，抓破阿昌的皮肤。阿昌很气火。阿昌真想把星点打死了再赔钱给阿茜，当时阿昌想，不就几十元钱吗？几十元钱能铲除一个祸害值得啦！但是阿昌马上想到两个问题：第一，星点是畜生，他阿昌是人，人是高级动物，而星点却不是。第二，星点是阿茜的宠物，是阿茜这个无聊的女人在无聊时打发时间的玩物，如果打死了星点，等于是给阿茜的心捅了一刀。阿昌想了这两个问题后，他取消了打死星点的念头，转而寻找办法驯服星点。

有一天，阿昌老婆买回来一条很大的鳗鱼，放到切菜板上正要切成鱼片时，星点突然跑了进来，老婆还来不及反应，星点就已经把那条鳗鱼给叼走了。老婆好气愤，非要把星点叼走的鳗鱼追回来不可。但给阿昌拦下来了。阿昌说，就当是我们帮阿茜喂星点一餐好了。然而就在阿昌和阿昌老婆争执要不要去追星点时，星点回来了。星点已经吃完了那条鳗鱼。可能还不饱，还想看有什么食物好吃。星点的那两只黄黑色的眼睛死盯着阿昌。阿昌是一个反应很快的人，他马上从冰箱里端出来一块牛肉，放到星点跟前。阿昌很高兴，星点不像刚才那样，叼起就跑。星点在阿昌和阿昌老婆看着它的情况下，吃完了那块牛肉。阿昌怕星点还吃不饱，又打来一碗干饭，放到星点跟前。星点很快就吃完了那碗干饭。阿昌知道星点这回已经吃饱，便为它打开门，想让星点回去。但很怪，星点并不走。星点伸出舌头舔了舔自己的嘴巴，跑到沙发上躺下了。

后来阿昌和星点成了好"朋友"，好到对门阿茜和阿海都嫉妒了。

最让阿昌和阿昌老婆感动的是，阿昌建好了私人住宅搬家的那天，星点早早就从对门走了过来，因为沙发要搬到楼下装车，星点就在客厅的一个角落里站着，两只黄黑色的眼睛死看着阿昌和阿昌老婆，好像期盼他们抱它一下。但是阿昌和阿昌的老婆都忙着清理物品，无暇顾及星点,星点就跟在阿昌后面,阿昌走到哪里,星点就跟到哪里,后来阿昌不忍心,还是把它抱起来,摸了摸星点的头和身上的毛说,星点好乖,阿昌伯伯以后再回来看星点啦!阿昌伯伯现在忙啊!

星点好像很懂事似的,当阿昌把星点放下来时,星点好像很知足似的跑回对门阿海家去了。

阿昌后来再也没有见到过星点。不过每每想到这些年来和邻居阿庆的关系处理得并不好时,他就想到星点。尤其每当他路过阿庆家的门口,阿庆家的那条母狗总是狂叫,甚至追赶他时,他就更加想星点。阿昌不责怪阿庆,也不责怪阿庆家的那条母狗。阿昌总是从自己的身上寻找问题的根源。阿昌有时也很失望。这些年来,他几次提上水果去阿庆家,想和阿庆好好聊一聊,但是阿庆都没有给他好脸色。他真后悔,有钱哪里不可以买地皮盖房子啊,干嘛非要来和阿庆家当邻居呢?不过阿昌又想,即便他不买这块地皮,阿东也不会把这块地皮卖给阿庆。阿东把这块地皮卖给阿昌,是因为阿昌一家五口人挤在一间60平方米的房改房里,阿东有一点可怜他们。换一句话说,阿庆对阿昌耿耿于怀是没有道理的,阿庆养了那条母狗专门对付阿昌一家人,那就更没有道理了。

阿昌非常希望自己能够和阿庆家的那条母狗"混熟",就像前些年和对门阿海家的那只叫星点的猫"混熟"一样。但是他摸索了很长时间,才发现了那条母狗的一些脾性。可这几天阿庆家的那条母狗却不见狂叫了,阿昌有点失望。要不是阿西说他多管闲事,他肯定非要打听出个究竟不可。

更奇怪的是,阿庆家的那条母狗这几天突然不见狂叫了,但是阿庆家却突然热闹起来。这到底是怎么回事呢?

其实阿昌是那类不怎么喜欢打听别人隐私的人，要不是阿庆家的母狗不叫了，他也不会问。阿庆家突然热闹起来，而且不断有官员模样的人，记者模样的人，还有教师模样的人……他们进进出出不知道在干什么。对于阿庆家这种算是反常的现象，他绝对不会去打听，他认为喜欢打听别人隐私的人，其实是素质不高的人。他虽然只是政府里很普通的一个职员，但是他要求自己要有一点素质。他经常对老婆说，社会进步啦，没有一点素质就落伍啦。阿昌并且把是否喜欢打听别人的隐私当作衡量社会进步与落后的尺码，不过到底是对还是不对，他也没有底。阿昌的老婆比较听阿昌的话，当然，如果说她比较尊重阿昌的意见也对。阿昌叫老婆不要去打听阿庆家的那条母狗为什么突然不狂叫了，以及阿庆家为什么突然热闹起来之类的事，阿昌老婆就坚决不去打听。可不是吗，阿庆家这几天热闹得就像菜市场似的，但是阿昌一家人就像是耳聋眼瞎似的，当没听到没见到。实际上阿昌一家人并非一开始就对阿庆家的事漠不关心。阿庆不愿和阿昌往来以后，阿昌前后六次提着水果去阿庆家和阿庆和解，但是阿庆鄙视他，好像阿昌非要和他和解不可似的。每次阿昌去了，阿庆都不叫阿昌坐下来喝茶聊天什么的，这使阿昌和阿昌老婆很是尴尬，而且每一次都很尴尬地回了家。有一次，阿庆的女儿连续几天发高烧不退，病情很严重，医院的救护车在夜里来阿庆家接人，阿昌和阿昌老婆很紧张，俩公婆赶快跑去阿庆家看望，但是阿庆却非常生硬地责问阿昌：你来干什么？你幸灾乐祸么？阿昌和阿昌老婆不知说什么是好。回家以后，阿昌老婆婚后第一次骂了阿昌：阿昌你为什么如此低三下四呢？难道不和阿庆和解，我们就活不下去了吗？他阿庆有个洗车场不就多赚几个钱吗？有什么了不得啊？打那以后，阿昌就再也不去阿庆家了。有一句俗话说，惹不起躲得起。不过阿昌再往深处想，他马上认为自己不对，阿庆是邻居，不是也还有一句俗话说，远亲不如近邻吗？难道真的就永远都找不到和阿庆家和解的办法了吗？

阿昌是属于那类对社会总是用积极的眼光去看待的人，这或许与他坚持读书看报有关。阿昌每年都要订几种报纸。阿昌认为只有坚持看报，才能了解社会。阿昌看报的时间一般安排在晚上。不过这十多天来，他改在中午，原因是他非常关心黄小晴的病情。黄小晴的病，牵动了太多人的心，所以省报每天都有跟踪报道。几天前，省报上说，黄小晴的手术很成功，阿昌很高兴，阿昌甚至高兴得忘情地抱起老婆在大院里转了好几圈。老婆嗔怪说，看你高兴的，好像是你的女儿似的。对于老婆的嗔怪，阿昌不说什么。阿昌认为，捐献骨髓的那位台湾女青年说得好。那位台湾女青年在接受记者采访时说，捐献骨髓救治黄小晴这件事是她一生中做得最对的一件事，黄小晴手术成功之后，她头一次发现自己也还有用，一个生命因她而得以延续了，这怎么不值得高兴呢。阿昌想，自己没有像那位台湾女青年那样挽救了一个生命，但是在挽救黄小晴这个生命时，他也做了一些贡献，就这一点，阿昌认为自己也有值得高兴的地方。

阿昌高兴之余，总还是想到阿庆家的那条母狗。阿庆家的那条母狗怎么突然不见狂叫了呢？他阿昌还没有和阿庆家的那条母狗很好地相处过啊。

这几天，阿昌路过阿庆家的门口时，总是不自觉地把目光往阿庆家斜，看那条母狗到底在还是不在。他对自己肯定地说，阿庆家的那条母狗已经不在了。但是阿庆和阿庆的女儿好像在接受记者采访，父女俩还对着摄像头说话。阿昌心想，难道阿庆和阿庆的女儿做了什么惊天动地的事不成？报上有报道了吗？电视上有报道了吗？阿昌好困惑。

到了晚上，阿昌对阿昌老婆说，从今晚起，只许看省电视台的节目,不许看其他电视台的节目,直至阿昌认为不需要再看省电视台的节目了为止。

老婆不解,问,为什么?

阿昌说,不为什么。

阿昌和阿昌老婆坐在电视机前,用遥控器把频道定在省电视台的节目上,从新闻联播看起,每个栏目都不放过。夜里十点二十分钟,有一个栏目叫"幸福连万家",主持人霞光开场白就说,十多天来,本栏目连续跟踪报道了身患白血病的黄小晴小姑娘,今天非常高兴地告诉所有关心黄小晴病情的电视观众,黄小晴的身体已经完全康复,并且已经回学校上课了……这一期,我再一次邀请黄小晴和她的父亲黄永庆先生来到本栏目,就黄小晴在与白血病搏斗过程中,所体会到的人间真情这个话题与我对话……霞光的话还没有说完,镜头已经从霞光的身上转到了黄小晴和黄小晴父亲黄永庆身上。阿昌和阿昌的老婆一下子傻眼了,原来阿昌捐款救治的白血病患者竟然是邻居阿庆家的女儿。阿昌知道这个信息后的第一个反应是,真是冤家路窄。但是阿昌很快就平静下来了。他心想,好在捐的五万元阿庆不大可能知道,否则阿庆又误以为他阿昌用钱买和解了。阿昌真后悔,阿昌骂自己为什么捐款那天给省报的那个女编辑留下资料了呢?如果不留下那些资料那该有多好啊!不过话又说回来,就是你阿庆知道我阿昌为了救治你的女儿捐了款又怎么样?难道人家的真情你也不要?

阿昌决定从第二天起不再走阿庆家门口那条路,即便那条母狗已经不再狂叫了。阿昌改走阿西家门口那条路,虽然拐了一个大弯,但阿昌认为那样人活得比较自在。

然而让阿昌和阿昌老婆感到意外的是,阿庆和阿庆的老婆,还有阿庆的女儿黄小晴，提着一大袋自家庭院里种的龙眼来到阿昌家。阿昌虽然感到意外，但是阿庆一家人能够来到家里，就意味着他和阿庆家有和解的希望。

阿昌很热情地把阿庆一家三口带上二楼小会客厅里。阿昌家的二楼小会客厅接待的都是那些在阿昌看很铁的朋友。像阿庆这样的关系，能够被阿昌请上二楼小会客厅，那肯定是破例的。

阿昌亲自给阿庆一家人沏茶。阿庆说，很抱歉，我们都邻居几年了，今天才第一次上门拜访。

阿昌说，没关系。我觉得邻居之间走动起来就好。阿昌本想问黄小晴身体是否痊愈，但话到嘴边又咽回去了。阿昌告诉自己，还是装着不知道黄小晴患病这件事比较好。这就避开了捐款这件事。

阿庆说，过去我没有弄好。那条母狗骚扰你啊！

阿昌说，没关系。我想我会找到与那条母狗相处的办法的。

阿庆说，那条母狗我已经把它卖了。很对不住你们啊！

阿昌笑笑。阿昌其实嘴唇很重，有时候已经想好了要说的话，但是话到嘴边又说不出来了。很多人都说阿昌是那类只会做不会说的人。

阿庆一家人在阿昌家坐了大约半个小时，但是话说得不多。要走时，阿庆对他的女儿黄小晴说，阿晴快感谢阿昌叔，阿昌叔是一个大好人啊！

黄小晴立即给阿昌鞠躬，说，谢谢阿昌叔！

阿昌明白了一切。不过阿昌对阿庆卖掉那条母狗很是可惜！

票　决

　　王中兵是信贷部经理，在这个位置上，他已经干了八年。下个月，副行长冼乐全到龄退居二线，中心支行领导班子很快调整，他希望抓住这个机会，填补这个空缺。但是说不清楚是什么原因，他总感觉到郭正良行长好像对他有看法。还有一个月，他强烈要求自己设法拉近与郭正良的关系，不能错过这个机会。

　　快下班的时候，王中兵接到郭正良行长给他打来的电话，叫他到行长办公室，说有事要交办。

　　王中兵赶紧放下手中工作，直上九楼行长办。

　　郭正良站着，手里拿着一个档案袋，见王中兵走进办公室，他把档案袋交给王中兵，说，海天药业流动资金遇到困难，申请两亿元贷款，你抓紧时间去做个详细调研，拿出可行性报告。如果条件满足贷款要求，尽快召开贷审会，不要耽搁企业的生产与经营。

　　王中兵心中大喜。他知道郭正良行长和海天药业董事长连式成是铁哥们。据说，读大学时，俩人同一寝室，泡一包方便面也一人一半。在他看来，这个时间节点，海天药业申请两亿元贷款，是天赐良机。要是把这笔贷款办成，一下子就能拉近他和郭正良行长的关系，而且有机会认识连式成。可谓一石二鸟。他说，我下午就去，决不耽搁海天药业的生产与经营。

郭正良说，好，我这就打电话告诉连式成董事长。

从郭正良行长办公室出来后，王中兵心里头好不激动。他握着拳头举向天空，压低声音说，王中兵，你的机会来了，好好把握，一定成功。

下午上班前，王中兵赶到海天药业总公司。他先去连式成董事长办公室。

连式成很热情。他明知故问，你就是王经理？

王中兵笑着说，是的，我就是王中兵。海天药业申请两亿元贷款的事，郭行长指派我来搞个调研。

连式成笑说，正良真是个急性子，昨天才说的，这么快就让你来了，很高兴啊！说着把手伸给王正兵。

握手时王中兵想，连式成真的厉害，他把郭正良行长几个字掐头去尾，直呼正良，一下子就把他和郭正良行长的关系拉近挑明。这分明告诉他，这笔贷款是郭正良行长点了头的，你来调研，千万不要把问题带回去。

王中兵心领神会。

连式成说，咱到会客厅聊聊。

王中兵跟着连式成来到董事长会客厅。

厅的中央摆放着四条褐色真皮沙发，中间是一张宽大茶几。墙的四周分别立着书柜、酒柜和冰箱。

连式成从冰箱里取出两瓶野生蓝莓果汁，递一瓶给王中兵，说，就不沏茶了。

王中兵接过果汁，说，不麻烦。

坐下后，王中兵本以为连式成要谈贷款的事，没料到，他却大谈特谈另外一家制药公司的经营模式。王中兵有一点儿不解。他心里在说，我了解别的企业经营模式干嘛？但是他得认真听，连式成是郭正良的铁哥们啊！

聊了大约半个小时，连式成转了话题，问，听说冼乐全副行长下个月就退居二线了？

王中兵说，是的，冼副行长已经到龄，下个月就退居二线。

连式成盯着王中兵，笑笑。那笑意很难揣测。有几分神秘，感觉好像郭正良行长跟他透露了什么似的。要不是头一次打交道，王中兵一定会趁机托他给郭正良打招呼，把冼乐全副行长退居二线后的空缺留给他。但才认识，他告诉自己，不可操之过急，眼前最要紧的，是要把海天药业两亿元贷款办成。得先建立关系，然后托人办事，这叫水到渠成。

连式成大概已经摸透了王中兵的心思。考虑到郭正良的个性与为人，他需要王中兵调研后，愿意写出一份带倾向性的可行性报告。眼下海天药业实在太需要这笔贷款了。

王中兵好像也猜到了连式成的心思。他说，郭行长交办的事，我会很努力的。

听王中兵这么说，连式成判断，一份带倾向性的可行性报告，看起来应该可以得到。只要有了这份报告，他就有底气和郭正良说话了。

连式成说，那就多谢王经理咯！

王中兵说，要谢就谢郭行长。

连式成笑笑，说，我还有事。日后要是有困难了，尽管跟我说，能解决的，我不会打折扣。

王中兵暗自高兴。连式成分明暗示他,这笔贷款搞定了,有事可以找他。他说,董事长你忙,我还要去财务部。

连式成说,我叫财务总监黄秋玉来接你。说着,按下茶几右角一个绿色按钮。不一会儿,黄秋玉来到会客厅。

黄秋玉很热情,她把王中兵带到财务办公室。

王中兵对信贷业务很熟悉。他说,就不坐了,先去制药车间和药品仓库看看,回来后再看报表。

黄秋玉把王中兵带到制药车间和药品仓库。

王中兵很认真。每到一个车间,他都把车间主任叫来,详细了解药品的生产情况。在药品仓库,他查看了药品库存量,连药品的生产日期,他都看得非常仔细。

拐回财务办公室后,王中兵叫黄秋玉把近三年的财务报表给他。说,我想细读一遍。

黄秋玉说,没问题。说着,走到保险柜前,打开保险柜,取出报表的同时,还取出一个精致的礼品盒,笑着对王中兵说,这是连董事长特意为王经理准备的。

王中兵接过报表,没接礼品盒。他扫了一眼,是金六福五百克纯金条礼品盒。

黄秋玉说,王经理好客气。

王中兵笑着说,别让我犯错啊。

黄秋玉会意地笑笑。其实她懂得游戏规则,通常情况下,先办完贷款,然后答谢!但是王中兵第一次来海天药业,连式成董事长想摸一摸他的底线。在郭正良告诉他将派王中兵经理前来调研后,他特意叫黄秋玉准备这份礼品的。

王中兵肯定不会收这份礼品。他的目标是填补冼乐全副行长退居二线后的空缺。

王中兵看报表非常认真。他不断地向黄秋玉提出问题。从海天药业的资产负债表、现金流量表、应收未收账款，以及银行资金流水等重要数据上看，海天药业药品销量不错，诸如头孢胶囊等三大药品的市场占有率不算小。但是海天药业的长期资产负债率和应收未收账款过大，资金周转率和总资产周转率过低。这就是说，海天药业的经营十分艰难，别说贷款两个亿，就是六个亿也难于扭转经营状况。王中兵头痛了。要是站在银行的角度，这笔贷款根本不能放。发放了，到期后收回的概率相当小。退一步说，假如贷款两亿元解决不了海天药业经营困难的问题，追加到四个亿，或者五个亿能解决，那当然好，现在有几个企业不是靠银行贷款支持发展起来的？但是海天药业最要命的是长期资产负债率和应收未收账款占比太大，有的账款甚至已经十多年未能收回了，而新的欠款每个月都在增加。这样的企业，生产销售越多，亏损越大。这样的企业，实际上只有一条路，就是重组。但是海天药业不是上市公司，这步棋怎么走？王中兵处于两难境地。他想，这笔贷款要是写出不予发放的评估报告，郭正良行长那里怎么交代？自己上台阶的事不就泡汤了？他权衡再三，决定多为自己着想，这年头谁不为自己着想呢？

从海天药业回来后，王中兵只用两天时间就写好了可行性报告。快下班的时候，他走进郭正良行长办公室。

郭正良问王中兵，海天药业的经营状况怎样？

王中兵说，总体来说还可以。话一出口，他心里头打了一个寒战，脸面飘过一朵灰色的云。

郭正良不无疑问,说,干嘛说总体还可以?那就是还有不可以的地方喽?

王中兵调整了一下心态。他打算不说海天药业的负面数据,他认为,要是说了,问题就复杂了。即便郭正良行长和连式成董事长是铁哥们,要是说了真话,等于给郭正良出了难题。他说,海天的经营状况还不错,话才出口,他马上改口说,很不错。

郭正良沉默了片刻,说,别的不多说了。我问你,调研之后,你认为这笔贷款能上贷审会吗?

王中兵犹豫不到两秒钟,他坚定地说,可以的。他之所以说得如此坚定,是基于他知道贷款审查委员会的委员几乎都知道郭正良和连式成是铁哥们,而且海天药业的基本账户是郭正良行长从其他银行挖过来的。由此他判断,贷审会通过这笔贷款是大概率。

郭正良问,海天药业的报表复印回来吗?

王中兵说,都复印回来了。

郭正良说,把海天药业的报表给我。连式成董事长再三说,海天药业急用这笔贷款。

王中兵见郭正良这么说,心里头很是高兴。说,好,等会儿就送来。

郭正良好像想起什么,问,冼乐全副行长分管信贷,是贷款审查委员会主任,你向他汇报了吗?

王中兵说,从海天药业调研回来后,我就向冼副行长汇报了。他说,海天药业是您挖来的客户,如果条件具备的话,支持这样的企业,说不定以后是我们的大客户。

郭正良说,我就是这个想法。那就好,抓紧把可行性报告写好,赶紧上贷审会。想了想，又说，不过有一条，得把握原则，无论哪个贷户，都一样。

王中兵自以为已经理解了郭正良的意图，在贷款审查委员会会议上，他作了倾向发放这笔贷款的发言。正如他所料，除了冼乐全副行长提出几点疑问，其他委员们都认为海天药业算是大企业，都投了赞成票。

按理说，郭正良应该高兴，但是他的脸面却阴沉下来。

总行贷款条例规定，行长不得担任贷款审查委员会委员，可列席贷款审查委会会议。会中不作发言，避免误导，影响贷款的公正性。但是对一笔贷款是否发放，行长有一票否决权，没有一票赞成权。

郭正良沉默了几分钟后，语气沉重，却坚定地说，海天药业这笔贷款，我决定行使一票否决权。

贷审会的委员们很感意外，他们面面相觑，几乎被郭正良行使否决权给炸懵了。

王中兵更是感到意外，他表情非常复杂，心跳加快。

郭正良接着说，我之所以决定一票否决这笔贷款，主要是海天药业实际上三年前就已经资不抵债。从财务报表看，海天药业资产负债率高达百分之八十六。我有很多疑问。我和冼副行长亲自去了海天药业。回来后，我算过一笔账，即便发放给海天药业两亿元贷款，至多够他们偿还一个年度的原材料款。海天药业仅原材料一项，欠款就高达五亿六千多万元。至今年七月份，应收未收账款五亿两千多万元，其中的两亿八千多万元应收款，已经十多年未能收回，而新的应收未收账款，每个月都在增加。还有，海天药业的存货太多，很多药品还没出库就已经过期，这里面存在一个盲目生产的问题。当然，不排除为了某种需要而不得不生产的因素。其实道理很简单，你是企业，你的药品没有销路，或者有销路，但是销售出去的货品资金不能正常回笼，形成良性循环，你还生产干什么？要解决海天药业的经营状况，别说两个亿，就是十个亿也不一定能解决问题。这里面涉及经营管理、人才引进与使用、员工素质等诸多问题。我们是商业银行，追求的是经营效益最大化。如果因为我和连式成是铁哥们，就放了这笔贷款，那还像商业银行吗？做人也好，做事也罢，得有个底线嘛！

  郭正良的话，句句像钉子，钉在每一个贷审委员会委员的心上。

  王中兵感到无地自容。他知道，郭正良行长这一票，不仅否决了海天药业的贷款，也否决了他上台阶的机会。

  这能怪谁呢？

第一次

一

罗洁明婚后多了一个习惯，睡觉时一定一丝不挂，否则就无法入睡。他的妻子田蕾却相反，要是不穿上睡裙，她就会失眠。可能是因为习惯不同，或许还有别的原因，罗洁明和田蕾的性生活不是很协调。罗洁明什么时候都快一拍，好在田蕾并不在乎。不过如此一来，夫妻的性生活就像是完成一项任务，完事后就背靠背睡去了。当然，有的时候也聊上几句，诸如明天吃什么早餐，该轮到谁去买早餐之类的话题。但是他们聊天时，多半都在盘算着自己的心事。

星期天早上。起床后，罗洁明有一个决定，他认为可以告诉田蕾。吃早餐时，他对田蕾说："我决定竞选滨山市市长。"

田蕾开始不相信自己的耳朵，她的眼睛瞪得老大看着罗洁明。

罗洁明说："你得相信我。我会成功的。"

很长时间后，田蕾好像明白了什么似的，她冷冷地问罗洁明："你为什么要当市长？"

罗洁明说："我的眼窝浅，每次去农村搞调查，看见农民住的茅草房，还有锅里煮的小米地瓜粥，眼泪就直往下流。"

田蕾冷冷地说："你多半要败北的。"她有几分盛气凌人地问罗洁明："陈景天市长势力有多强？他在滨山市经营多少年了？上至省长，下到县长，甚至是镇长乡长，谁个不买他的账？"田蕾故意提高调子说："陈景天市长在三个月以前就已经成立了竞选班子。竞选工作开展得红红火火，声势浩浩荡荡。左开轩副市长是陈景天市长的对手吗？而你呢？凭什么？"田蕾用教训的口气说："千万别碰钉子啊！弄得不好，不但市长当不成，连秘书长职务都给搭进去了。知足者常乐。你才二十八岁，市政府秘书长这个职务已经够不错的了。要是好好干，陈景天连任市长，他多半续聘你。这个职务有多少人在竞争？"田蕾很得意地问罗洁明，"要不是看在我爸的面子上，这个职位能轮到你吗？"

罗洁明懒得和田蕾争论。

其实，他决定竞选市长，并非是他看不到现实。罗洁明不得不承认，陈景天在滨山市干了大半辈子，他是岳父田经柱的老部下。岳父在退下来之前，把他扶上了市长这把交椅。现在的局长县长，全都是他提拔上来的。那些镇长乡长，又是陈景天的人提拔上来的。县长镇长乡长，哪一个身边没有一拨人马，他们能不出马为陈景天拉选票吗？

但是一个事实是，陈景天和岳父田经柱一样，在滨山市已经干了将近二十年，滨山市的面貌依旧。已经是二十一世纪了，全市还有六个国定贫困县。去年，罗洁明深入滨东和滨西两个县的十三个乡镇搞社会调查，住茅屋的近一半。农民吃什么？一天三餐小米地瓜粥。滨东县一个姓曾的农民，全家六口人，罗洁明走进茅屋，三张床，用茅草隔开，那是冬天，床上铺的是稻草，被子几乎烂成碎片。正屋三个石头摆成三角形，那是锅灶。看着那情景，罗洁明的眼泪止不住地往下流。罗洁明还走进田间地头，水利没人修，每家每户的地头里，都挖一个水坑，然后从水坑里，用铁桶，有的用木桶，一桶一桶舀水浇地。地里的水稻，枯黄枯黄的，虽然抽穗了，但不用说，那产量绝对低。问农民为什么，他们说不上来。他们没文化啊！从滨东县到滨西县，你任意走进一个村庄，村前都建有一个庙，庙里香火不断，烟雾缭绕，拜神拜佛的人进进出出。看起来，这里的社会已经回到信神信鬼的年月。

罗洁明还去过滨南沿海几个自然条件好，经济比较发达的县，那里的财政状况也不好，收支倒挂严重。工厂停产半停产的占一半以上。失业的工人多，社会问题严重。滨南县一个犯罪团伙，横行霸道，抢盗钱财，强暴妇女。滨山市的问题实在太多了，但是陈景天照当他的市长。好在本届起，市长直选，你陈景天当不好市长，你就得下来。田蕾说罗洁明还年轻。别的人也说罗洁明太年轻，没有经验。但是罗洁明选择挑战。他相信滨山市人民会做出关乎滨山市命运的选择。

二

田蕾的态度已经明朗，她坚决不同意罗洁明竞选市长。岳父田经柱也坚决反对罗洁明竞选市长。岳父说，罗洁明年轻气盛，不谙世事。这都只是他们个人的态度。罗洁明管不着，也管不了。他已经下定决心要做的事情，就得设法做好，外界的干扰对他来说，影响并不大。

上午九点半，罗洁明到滨山市选举办公室正式登记竞选市长。选举办公室里空无一人。这里已经形成一种习惯，每天上午上班后，第一件事是喝早茶。喝早茶的学问在于把关系拉近，形成网络。刚毕业那会儿，罗洁明很超脱，后来他发现超脱不起来。你超脱了，你就没有圈子。你没有圈子，连一件事情都办不成。你要超脱，你就设法当市长，那个时候你不但可以超脱，你还可以把这种陋习统统修正。

选举办公室显然不堪重负，二十平方米，摆了八条桌子，拥挤不堪。罗洁明随意坐在一张凳子上，等了将近一个小时，负责选举登记工作的邱保平才回来。紧跟其后的是人大常委会主任章世义。

章世义握着罗洁明的手，态度和蔼地问："竞选班子成立了？"

罗洁明说："还没有。但是今天是最后一天，我得先登记了再说。"

"陈市长竞选班子工作很有成效。"

章世义这句话怎样理解都对。你可以理解成他站在你这边，提醒你要重视陈景天，要加大竞选工作力度。你也可以理解成他站在陈景天那边，先从心理上挫伤你的自信心。罗洁明不想用脑子去猜测章世义的圆滑。他想，大家不能忽视一个问题，陈景天上届政绩表现实在太差，难道选民还愿意选一个平庸市长？

三

罗洁明成立了一个人员很少，但是很精干的竞选班子。滨山市这个地方的文化、经济，还有不很成熟的政治，再加上这是第一次直选市长，他认为没有必要像陈景天和左开轩那样成立一个门类齐全的竞选班子。他只想根据滨山市的市情布阵。

昨天晚上陈景天在滨山市电视台黄金时段发表了竞选演说。他的竞选班子全线出动拉选票，而且每个县镇都挂起了陈景天的竞选宣传口号。

左开轩副市长今晚也要在滨山市电视台发表竞选演说。他的竞选班子也已经出动拉选票。左开轩的优势是他在乡镇当过十年镇长，在滨南和滨海两个县各当过一届县长，有比较丰富的工作经验。滨南沿海几个县算是他的地盘。在选民的眼中，他是一个稳健派。

罗洁明的优势是当过几年秘书长，每年都深入各县、乡镇、村庄调研几个月，对滨山地区的社会、经济、文化等市情比较了解。他还有一个优势是，年轻。现在，当务之急是他得筹一笔钱。很多选民对他还不十分了解。除了按规定安排他有三次机会在滨山市电视台免费发表竞选演说外，他计划租用滨山市电视台两个晚上的黄金时间向市民阐述他的施政纲领和全方位开发建设滨山市的思路。他还计划到乡镇、村庄去发表演说。他要明白无误地告诉选民，滨山市自然条件是差了一点，但是只要找对路子，就一定能够富起来。然而，在他需要钱的时候，田蕾把钱转移了。

罗洁明对田蕾说："你太没有理由。我所要做的事情不应该只是我个人的事情，这应该是关系我们滨山市命运的大事情。你不可以感情用事。"

田蕾说："你有那么高尚？你在给陈市长添乱。你肮脏，你醉翁之意不在酒。你旨在分散选票，从侧面佯攻，帮助左开轩取胜。你总是忘记不了左虹。我决不会成全你。"

"你别胡扯。"罗洁明几近大发雷霆。

田蕾还要说，她从来不会因为罗洁明发了脾气而做出任何让步。她始终认为，罗洁明这个秘书长是她爸爸送给他的，也是陈小勇的爸爸陈景天市长送给他的。过去为了满足她的虚荣心，罗洁明一直容忍她。但是在他满怀信心实现抱负的时候，她却把个人的感情、个人的政治意愿强加给他，他决不让步。他当即走了出去。

四

罗洁明来到了冯仁智的家。

冯仁智躺在沙发上看滨山市电视台直播左开轩副市长的竞选演说。

罗洁明对冯仁智说："我竞选市长的事你已经知道了。"他开门见山，"我今天来找你，只有一件事情，我急需一笔钱，你借给我，我会还给你的。"

"为什么不筹款？"冯仁智很冷静地说，"能借得了那么多？"

"筹款是肯定的。不过我的竞选班子很精干，人员少，而且在研究了滨山市的社会、文化和政治后，我们已经明确了竞选的主攻方向。我估计资金使用不会太多。"

冯仁智说："因为这是第一次直选市长，还不成熟。但是从目前竞选形势看，还真的有那么点儿意思。特别是您宣布参加竞选以后。"冯仁智停了一会儿后接着说："钱，我是不能不借给你的，这一点你很清楚。"冯仁智指的是大学毕业后创业那会儿，他决定自办公司，只有罗洁明一个人赞成，并且借给他启动资金。这件事他一直记在心里。冯仁智发财后，对罗洁明说过，任何时候，任何情况，只要罗洁明有要求，他能力所及，他就会挺身而出。

罗洁明马上打断冯仁智的话说："我从来不强人所难。"

冯仁智从沙发上站了起来，在宽大的客厅里走了一圈后说："你没有得到岳父的支持，甚至没有得到田蕾的支持，这对你来说特别不利。谁都认为你靠着田家上来的，而现在田家不支持你，你实际上已经没有了势力。你真的很有信心？"

"没有信心我就不来找你借钱了。"罗洁明肯定地说。

"左开轩没有从正面攻击你。陈景天利用你的岳父和田蕾反对你竞选市长大做文章,当然还在你的经验问题上大做文章。"

"滨山市是个贫困而且文化比较落后的地方,政治还很不成熟,直选市长,更是破天荒的事。有一点你必须承认,我读的书相对陈景天和左开轩来说要多得多,而且对外界社会进步的和先进的思想理解得比他们要透彻一些,加上这些年,我利用当秘书长的机会,深入农村进行了大量的调查研究,对于开发和建设滨山,我的策略一定更能得到支持。"

"好吧,看起来你很有信心。我借你三百万,够不?"

听了冯仁智的话,罗洁明很高兴。看起来还是冯仁智最理解他的想法。他右手轻拍冯仁智的肩膀说:"哥们,共同为滨山做点儿事吧!机会很好的。我总是忘不了是哪位伟人说过的那句话:一个人思想品德达到的最高境界是爱国。我理解,爱国已经包含了爱民。"

冯仁智把罗洁明带到书房后说:"在大学的时候你就有棱有角,现在看起来你并没有变。未来的社会和政治环境对你可能有利,但愿是这样。"说话的同时,他给罗洁明开了一张三百万元支票。罗洁明给冯仁智写了借条,但他没有拿走支票。他说:"你要帮助我,说到底是帮助滨山市人民。明天起,放下你手头的生意,到竞选班子来。管理经费,开支只你一支笔。"冯仁智别无选择。回到客厅后,罗洁明又和冯仁智聊了一会儿,送罗洁明到门口时,冯仁智握着罗洁明的手说:"我对你有信心。"

罗洁明说:"我对滨山市有信心。"

五

罗洁明第一次在电视上发表的竞选演说很成功,在全市引起很大反响。他马不停蹄,深入乡镇、村庄,一镇一村向乡镇干部和农民,深入浅出地讲解他对开发和建设滨山市的基本方略。他们听懂并认同了他的方略。滨山日报社公布了民意调查,四成三没有正面表态支持哪一位候选人。这和一个月以前相比,对陈景天是一个坏消息。一个月以前,有六成五表态投陈景天的票。这个调查结果,动摇了陈景天稳操胜券的地位,同时也动摇了左开轩的信心。

六

民调出来后,左虹打电话给罗洁明。左虹说,他为他祈祷,愿上帝保佑他成功。他相信左虹。即使他是她的爸爸左开轩的竞选对手。

如果不是陈小勇的圈套,罗洁明不会和田蕾结婚,左虹现在就是罗洁明的妻子。但是那天深夜,陈小勇把罗洁明拉去田家,说,田经柱市长到省城开会,把市母也带去了,家里就田蕾一个人。他们是高中同学。高考时,罗洁明考上中国人民大学,田蕾和陈小勇上省线,而且两人第一志愿都报了省民族学院。在大学一年级,他们就开始谈恋爱。毕业后,都靠着一个"好父亲",田蕾分配到市委组织部干部调配处,陈小勇分配到市财政局。罗洁明的父亲在市文化局工作,无职无权,他靠一张中国人民大学的牌子,分配在市政府秘书处当秘书。高中同学经常聚会,他和田蕾还能聊几句,因此那天陈小勇拉他去田家,他也就去了。开始是玩拖拉机,玩到十二时后,陈小勇便叫田蕾去大排档炒回几个小菜，三个人喝酒，喝得烂醉后，罗洁明糊里糊涂就睡在了田蕾床上。起床后，陈小勇不见了踪影。罗洁明和田蕾赤条条偎在一起。罗洁明当时很害怕，赶紧穿衣往外跑。田蕾一把拉住他，骂道："罗洁明，你畜生。"说罢就哭了起来。罗洁明当时不知所措。这时，陈小勇推门进来，他抓住罗洁明的衣领，一巴掌打在他的脸上。他当时懵头懵脑。后来陈小勇和田蕾分手了。陈小勇把罗洁明和田蕾醉酒后干的那些事偷拍下来，拿给左虹。左虹当时傻呆了。她大病一场后，决定和罗洁明分手。罗洁明写了二十多封信向她解释，她一封信都不回。后来她干脆改了电子信箱。再后来就听说她和陈小勇在一起了，而且已经准备结婚。罗洁明知道这是陈小勇设的圈套，但是心里总还是有一种负罪感——无论是对左虹，还是对田蕾。从那时候起，田蕾开始和罗洁明有了来往。有一天，田蕾对他说，她怀孕了，是那天夜里"闯的祸"。她提出要和罗洁明结婚，而且还要赶在陈小勇和左虹之前。罗洁明知道田蕾爱的是陈小勇。她要和他结婚的动机非常清楚。罗洁明不同意。但是后来陈小勇请几个烂仔到罗家，威胁说，要是罗洁明不和田蕾结婚，就杀死他全家。看着父母整天诚惶诚恐度日，罗洁明让步了。这是他有生以来第一次在原则面前让步。婚后第一天，罗洁明在电子信箱里收到左虹的信。左虹说，昨晚陈小勇醉酒后很得意地告诉她，说，罗洁明和田蕾那天晚上干的事，是他一手导演的，目的是为了有个借口甩掉田蕾，拆散罗洁明和左虹，从而得到左虹。其实，陈小勇的计谋，在事后的第一时刻罗洁明就知道了。左虹在信上说，她知道得太晚了。她决定和陈小勇分手，打算这辈子过独身生活。她在信中还叫罗洁明原谅她，她永远爱着他。左虹的信，罗洁明没有给田蕾看。实际上罗洁明横竖就没让田蕾知道他电子邮箱的密码。田蕾至今还耿耿于怀，以为是罗洁明拆散了她和陈小勇。她认为,她和陈小勇才是门当户对,而罗洁明和她什么都不是。其实罗洁明清楚,田蕾爱陈小勇只是单方面的,陈小勇在利用她。可悲的是,直至今日田蕾还以为自己有负于陈小勇。自从罗洁明决定竞选市长后,陈小勇对田蕾又施了爱情计。特别这几天,陈小勇天天约田蕾出去。罗洁明已经疲于在田蕾身上费心思。不过他得承认,田家这步棋走得好不好,对他能否胜选是重要的。

七

田蕾提出要和罗洁明离婚,罗洁明说,现在没有空考虑这件事。田蕾说,除非罗洁明退出竞选,否则同意也离,不同意也要离。她至迟后天就在《滨山日报》刊登公告。这件事对罗洁明的打击是沉重的。这肯定不是婚姻问题,而是政治问题。选举日已经进入倒计时,最后九天冲刺,不能节外生枝。田蕾按照陈小勇的设计,把自己塑造成受害者,这样必然形成一种社会舆论,选民会说罗洁明是当代陈世美,还没有当上市长就把老婆休了。同时,罗洁明与田家也就彻底脱离了关系,田经柱这边的势力自然全部倒向陈景天。不需要猜,罗洁明也知道是陈小勇的杰作。实际上,罗洁明退不退出竞选,他和田蕾的婚姻也已经没有了存在的意义。试想,有谁愿意和一个为了情人的父亲,用离婚逼迫自己的老公牺牲自己的政治抱负的老婆生活在一起呢?再说,退出竞选,这肯定不是罗洁明的性格。罗洁明已经别无选择,他决定和田蕾离婚。当务之急是在陈景天还没有来得及利用他和田蕾离婚这件事大做文章之前,设法通过小道消息,先传播出去。要让选民知道,田蕾为了陈景天,实际上为了陈小勇,逼他离婚。要形成有利于他的舆论,变不利为有利。

但是离婚必须往后拖几天，这样才能有足够时间实施他的计划。

罗洁明对田蕾说："你能同意我考虑两天吗？"

"退出竞选？"田蕾不相信地问。

"考虑两天。"罗洁明不说是考虑退出竞选，还是考虑同意离婚。

"准备什么阴谋？"

"不可能是阴谋。"罗洁明要让田蕾有一种希望，一种永远都不会实现的希望。

"只一天，明天晚上十一时三十分以前。"

"后天上午上班以前。"罗洁明讨价还价。

田蕾想了想，说："就后天。后天不答复，大后天先见报后领离婚证。"

"可以。"实际上罗洁明争取了一天时间。

八

罗洁明马上去翠怡宾馆开了一个套间。他用移动电话与冯仁智联系，把田蕾利用离婚逼迫他退出竞选的事告诉他。罗洁明对冯仁智说，陈景天他们会利用他和田蕾离婚这件事大做文章，把他塑造成陈世美。罗洁明叫冯仁智和竞选班子全体成员马上把田蕾，实际上是陈小勇，逼迫他离婚的事通过小道消息的方式，两天内传播到全市每个选区。罗洁明特别告诉冯仁智，明天晚上十二点三十分以前，也就是十二日《滨山日报》投入印刷以前，只能用移动电话传播，并且只传播给县镇以下选民。后天可以用家里的电话，甚至是公用电话传播这条消息。对象是市区内选民，特别是各部委办局和企事业单位。要找那些拜把兄弟，通过拜把兄弟分头传播。一天内，要使这条消息一传十，十传百，闹得满城风雨。要很快形成一种有利于罗洁明的社会舆论。罗洁明问冯仁智："能不能办好这件事？"冯仁智说："没问题。"冯仁智还说，他要让田蕾的勾当在滨山市臭不可闻。

九

罗洁明告诉田蕾："我已经考虑成熟，我决定和你离婚。"田蕾一点都不感到意外。她平静地问罗洁明："什么时候去办离婚手续？"罗洁明说："现在就可以去。"

罗洁明和田蕾来到河东区婚姻登记科时，已经是下午五点。一个长得圆胖圆胖的中年妇女对着罗洁明笑笑说："知道你别无选择。明天就见报，实在太……"

"你知道什么？实在太什么？"田蕾生疑地问。

"不是你用离婚逼迫罗秘书长退出市长竞选的吗？"

田蕾几近暴跳如雷："谁对你这样说的？"

"全市还有谁不知道的？做人别太仗势，别太缺德。"

田蕾也好，陈小勇也好，甚至是陈景天也好，他们根本不会料到罗洁明会有这一手。这也是滨山市的一种文化，小道消息比大道消息传播得快，传播得广，甚至可信性要强得多。

田蕾满脸通红。她平时强化自己保持的那种高雅风度一扫而光。她虎视眈眈逼视那中年妇女，然后转而逼视罗洁明。她大声说："罗洁明，我跟你没完！"

罗洁明平和地说："签字啊，你看工作人员都已经写好离婚证书了呢！"

田蕾一手夺过中年妇女手中的离婚证书，签字后气冲冲地走了。

晚上十二点二十分，罗洁明打电话到滨山日报社，问田蕾通知他们刊登关于他们离婚的事了没有？一个姓陈的责任编辑说，田蕾早就定了十三日第一版右上角四分之一个版面，刊登您和她的离婚公告。但是现在还没有见她来电话。罗洁明对陈编辑说："我和田蕾在今天下午已经办完离婚登记手续，你就按照原版面刊登我和田蕾的离婚公告，费用由我支付。"

罗洁明相信，明天他和田蕾离婚的消息已经是一个迟来的消息。在滨山，还有谁说他是陈世美？

十

左开轩主动打电话给罗洁明，说，他明天宣布退出竞选，并号召他的选民支持罗洁明。实际上自从罗洁明宣布竞选市长后，左开轩基本上处于劣势。几次民意调查，罗洁明没有决定竞选之前，左开轩只有三成七的支持率。罗洁明决定竞选后，左开轩的支持率只有二成一强。左开轩退出竞选，对罗洁明无疑是一个好的消息。如果左开轩发表支持罗洁明的讲话，原来支持左开轩的选民，至少有七成转而支持罗洁明。这样一来，陈景天与罗洁明的力量对比就拉开了距离。罗洁明对左开轩说："你抓农业有经验。滨山市五十年内粮是纲这个主题不会发生根本性变化。"罗洁明暗示左开轩，如果自己当选市长，左开轩还是有政治前途的。

左开轩心领神会："你的判断是正确的。"

"一个共同的目标，一定要把滨山的事情办好。滨山市不应该总是贫困地区，更不应该至今还有五个国家级贫困县。"罗洁明说这些话，是想对这个主要力量强调他的政治抱负。

十一

左开轩宣布退出竞选。左开轩在宣布退出竞选的电视讲话中说，他认为罗洁明的施政纲领适合滨山市的市情，是一个好的纲领。他说到罗洁明的政治抱负。他认为罗洁明年轻，精力旺盛，如果能当选，一定是个好市长。左开轩原来是罗洁明的对手，他在退出竞选时，这样认同罗洁明，效果当然比罗洁明宣传的要强得多。这几天，因为左开轩退出竞选市长，竞选形势发生了变化。陈景天加大了宣传力度。田经柱也开始出面为陈景天拉选票，并且去了滨南几个县。那里原来是左开轩的地盘。但是，田经柱当市长时，滨南几个县也有他的根子。

左虹打电话给罗洁明，问自己能帮上什么忙。罗洁明说，左虹现在什么忙都不能帮，这并不是说左虹不能做什么，而是如果左虹出来帮他做事，陈景天会利用他和她的关系，把左虹爸爸退出竞选也拉扯进来，那样会节外生枝。最后几天了，什么事情都不可以有失误。罗洁明说："如果你能叫你爸爸这几天帮我跑一趟滨南的几个县那是最好的，那里是他的地盘。田经柱这些天都在那里。当然你爸爸去的时候不要大张旗鼓，不能给陈景天有什么可发挥的地方。"

左虹说："我知道怎么做了。"罗洁明知道，滨南那边的事，左开轩出面，他就不用再操心了。

十二

晚上九时三十分，罗洁明在滨山市电视台发表最后一次竞选演说。陈景天八时已经发表了演说。

陈景天在演说中对罗洁明含沙射影，陈景天把主要精力集中在罗洁明经验不足上。陈景天不说，也不会再拿罗洁明和田蕾离婚的事做文章。但是他又把罗洁明和左虹的事拿了出来，还扯到了左开轩身上。罗洁明不想在这些问题上说些什么，因为那是永远说不清楚的问题。他的演说很短，十分钟。他说："滨山市不是有史以来就是一个落后地区。唐朝时，滨南沿海的经济很繁荣，特别是捕鱼业很兴旺。可能很多人还不知道，武则天喜欢吃的一道菜叫清蒸红鲤鱼眼眶，所有红鲤鱼眼眶都是从滨南送进朝廷的。滨东和滨西山区县在唐朝农业也很发达。那时候农民安居乐业，根本不存在温饱问题。滨东县和滨西县的林木在全国来说很有地位，古代很多著名建筑都是从这里取料的。宋朝初期到中期，清朝的前期，滨山市的经济、文化，包括政治都是很辉煌的。后来的一两百年间，由于内部和外部诸多原因，滨山市开始走向衰败。1949年以后，用历史学家的观点，无疑是中国从衰败走向辉煌的一个转折点。但是我们走的路并不是很顺。滨山市有很多优势没有充分发挥出来。滨南沿海县交通比较方便，海洋捕捞业潜力很大，工业基础比较好，用五到十年时间把滨南沿海建设成一个新兴的高新科技工业走廊不应该是艰难的路途。滨东县的农业和滨西县的林业有一定基础，关键在于我们采取什么样的政策。我想，社会、文化和政治相对落后的地区，用生产队的组织形式，把农民组织起来，有组织有计划地进行生产，对脱贫和致富都是一个好的办法。机构臃肿，人浮于事，是滨山市各级机关公务员工作效率低的主要问题之一,由此而衍生了内讧、扯皮、推诿、拉帮结派等政府病。市县镇三级必须精简机构,必须减员增效。工人必须有饭吃,失业率控制在百分之五以下……"

罗洁明还阐述了建立完善的医疗制度,社会福利和教育体制改革等方面的计划。他给选民一个光明的希望:如果他能当选市长,他一定把滨山市的事情办好。

十三

投票工作已基本完成。从各投票站统计结果看,全市98%的选民参加了选举投票。罗洁明得票1666283张,占66.9%。罗洁明胜选已成定局。

下午六时后,罗洁明的电话不断。

第一个电话是冯仁智打来的。冯仁智说:"地方税收要有一个好的政策,滨山市这样一个地区,有资金流入,有生意可做,社会就蓬勃、积极、向上。"

罗洁明说:"我一定给生意人一个满意说法。你懂我的性格的,我是属于那类怎么说就怎么做的人。现在不都在说我是行动主义者吗?我想,如果说我是行动者,我会很乐意接受的。"

第二个电话是左虹打来的。左虹说话的口气和以往有点不同,有点生硬,且有股冷气。她说:"……人生有多少个碉堡?炸掉一个碉堡算是一次胜利。你能炸掉人生路上的所有碉堡吗?但是强者总是设法炸掉所有碉堡。你是强者吗?"

罗洁明说:"我希望我是强者。不过在我们中国,你是强者,你也不可以说你是强者,你是不是强者,关键是你的行动。"

第三个电话是田蕾打来的。田蕾怎么知道罗洁明的电话号码呢?罗洁明从田家搬出来时,只带走他的衣服和日用品。那天田蕾说:"财产怎么分?这房子是我爸爸的……"罗洁明说:"我什么都不要。"说罢,很友善地笑笑就走了。从那以后,他和田蕾再也没有联系过。那么是谁把罗洁明的电话号码告诉田蕾的?他猜多半是陈小勇。打从罗洁明宣布竞选市长后,他的电话就被陈小勇监控了。

田蕾说:"你别得意。你是个政治流氓,你知道吗?你年纪不大,城府却这样深,你十足是个阴谋家,你懂吗?你以为在滨山市赢了选举,你就能顺利当市长了吗?没门儿。"

罗洁明说:"有门没门都是全市人民的门儿,我都得入这道门。我别无选择。"

田蕾重重地把电话挂断了。

田蕾的态度是在意料之中的。

接下来都是些祝贺之类的电话。罗洁明不能不接。他后来发现自己已经进入市长的角色。

十四

按照相关规定,罗洁明九月一日才能宣誓就任滨山市市长。

上午,他把财政局局长张晓千叫到办公室,直截了当地对他说:"你是陈景天当政时的红人,在陈景天竞选市长时,你是他的筹款办公室主任。我今天叫你来,是想告诉你,我比较赞成战国时期韩非的用人观点。韩非说,凡贤明君主,为了治国,其一要重用有德有才之人,其二必用勤劳有功之人。前者为君主治国运筹帷幄，统治天下；后者奖励为国富强，立功创业。你是明白人，我没有必要把话说得太明白……"

没等罗洁明把话说完，张晓千便心情激动地说："那是那是！"

罗洁明说："从今天起，我需要你帮我做一件事。"

张晓千说："只要罗市长用得到，我力所能及的，我会全力去做的。"

"我还没有宣誓就任市长，我是准市长。"罗洁明停了一会儿看了看张晓千，他想读透张晓千的所思所想，他接着说，"从这个时候起，十万元以上的开支，必须经我认可才算数，如果不这样的话，日后审计出来，那时候就另当别论了。"

"这可以办到。不过陈市长已经批准了的，诸如滨东县建政府办公楼五百六十万元，这几天王金义县长天天打电话催促拨款；滨山市东部开发区建设，前期工程四平一通拨款一千六百五十万元；滨山望河宾馆扩建工程投资一千三百万元……"

罗洁明打断张晓千的话说："一分钱都不能拨。我再强调一次，十万元以上开支，八月份工资除外，必须经我认可才算数，出了差错，我唯你是问。"

张晓千说："一定照办。"

张晓千走后，罗洁明把组织部部长黄永就找来。罗洁明告诉黄永就，干部任命和调入一律停止。已经打好文件，尚未发出去的，一律停止宣布。实际上，民选市长有权重新任命局委办官员，但是为了不造成太多矛盾，平稳过渡，他决定画出一条线，这条线把过去和未来分开。

黄永就说："陈市长昨天批示提拔六个科长任副局长。我来你这里之前已经打好任命书，可能已经发出去了。"

罗洁明说："你马上打电话给干部调配科，立即停止发文。已经发出去的,要收回来。我不想一上台就去处理本不应该有的矛盾。"

黄永就没有办法,只好当即给干部调配科打电话,文件实际上还没有打好。黄永就是陈景天的心腹。罗洁明已经得到消息,陈景天指示他在干部问题上制造混乱。他们想错了,罗洁明怎么能给机会呢?

罗洁明说:"你在下个月三十日前,拿出一个局级干部调整方案来,我需要一个这样的方案。"他要给黄永就造成一个错觉,他准备给他机会。罗洁明要在短期内离间黄永就和陈景天的关系,分散陈景天的势力,最后是要孤立陈景天,保证自己的施政纲领在滨山市得以顺利实现。

黄永就到底是组织部部长。他淡淡地笑笑说:"我会照你的指示办。职责需要我一定这样做。"

黄永就的言外之意是,他过去照陈景天的指示办,只是一种职责。

黄永就走后,罗洁明给国土局局长张长民打电话。他严肃地指出,不能再批准出售土地了。以十九日那天为线,已经办了买卖手续的,等待处理,正在办理买卖手续的,一律停止。否则日后没有人买这个账。

国土局局长在电话里结结巴巴说了一大通。罗洁明听了老半天也没有听出一个究竟来。罗洁明说:"你好自为之啊!"说罢便挂了电话。罗洁明断定,张长民是属于再也不敢有所行动的那一类。

十五

罗洁明选在上午九时发表就职演说。他的生物钟每天运行到这个时辰,精神都处于最佳状态。

罗洁明的就职演说时间只有三分钟。他说:"滨山市不应该还有六个国家级贫困县，没有理由啊！滨东和滨西等县的农业和林业资源丰富，但是我们要面对现实，由于政策偏差，那里的文化，特别是科学，相对其他地方来说还比较落后，我们要找准位置，以生产队为基本核算单位比较适合那里的情况。我的基本判断是，那里很需要生产队队长或集团公司老板。滨南沿海三个县，有一定工业基础，市场经济有了相当规模，村民知道怎样去发家致富，生产队队长或集团公司老板就不要了。现在关键是政府官员不应过多干预农户的事情。市县镇三级政府机关人员在年内要精简。农村是一个广阔天地，那里可以大有作为……"罗洁明就职演说的最后一句话是："我向全市选民承诺，我保证实现我的竞选诺言。"

就职演说后，罗洁明马上召开全市副局长以上干部会议，他说："我们副局长以上干部思想不能混乱。每个人在本职岗位上都要尽职尽责。过去的事情，包括在竞选中，说过反对我的话的人，我不会秋后算账。只要你是人才，我就会把你用在适合你能力的岗位上。你能干什么，不能干什么；能干什么，并且能干好什么；能干好什么，并且愿意干好到什么程度，你可以找我谈，我会一视同仁。我比较反对拉帮结派，我的态度很明确，对搞小圈子的人，只要我知道了，一个我都不想用……占着茅坑就要拉屎，占着茅坑不拉屎，我给你时间把屁股擦干净离开茅坑，决不允许有人占着茅坑不拉屎而老占用茅坑……"

他的话软中有硬。每个人他都给了机会，但是又附加了条件。对陈景天那一帮人，他的话中也发出了警告。

罗洁明不再犹豫，也不会犹豫。他把干部调配推迟两个月。他之所以这样做，是基于他对滨山市社会文化的判断。

十六

罗洁明轻车简从，来到了滨东和滨西两个国家级贫困县。

第一站是滨东县。罗洁明不住县政府宾馆。他在河西镇招待所召开全县三级会议。在会上，他分析了滨东县的县情后说："滨东经济落后，社会落后，症结是文化知识落后。由于文化知识落后，十多年来，我们把田承包到户，这本来是一个好的政策，但是我们的农民缺的是独立方面的能力，把田地承包给他们了，可是什么时候种什么作物，他们不知道。即使跟着别人种下去了，管理的问题又出来了。这些年扶贫方面的资金投下去不少，但是情况大家都看到了，今年脱了贫，明年又反贫。要解决根子的问题，首先是体制的问题。不能一个模式，一条定义。滨东和滨西等六个贫困县，还是以生产队为核算单位，包括成立农业集团公司，要有一个能力强的生产队队长或集团公司经理来管理。农民住的问题各村要有一个规划。新中国成立六十多年了，不能再住茅草房了。各项工作会后就要做起来，后年是一个期限，不能再有贫困村。生产队队长或集团公司经理任期三年。干得好的就连任，干得不好的，或者干得平平的，就要走人。滨南沿海县，采取的是另一种体制，那里实行的是现在的模式，田地实行承包制，谁有本事谁富裕起来……雷锋精神是一种文化。一个人不能太自私自利，你活着就要多想到别人，要想方设法多为别人做些有意义的事情。一个社会不能太张扬个人主义……滨山市要发展，要进步，根子在文化。我说的是广义上的文化，在文化上我们必须来一项大的改造……"

会议只开一个上午。散会后，县政府接待科在河西镇招待所食堂摆了六桌酒菜，县长局长镇长主任对号入座。山龟眼镜蛇汤、清蒸河鳗、红烧刺猬、干煸山猪……罗洁明肚子很饿，但是他不想给任何人面子。他叫司机把车开到食堂门口，一句话都不说，离开了宾东。罗洁明想，这种风不能再让它刮下去了，地方这样穷，温饱问题都没有解决，还这么铺张，这还算是人民公仆吗？

杨江主县长自然不敢吃饭。他叫司机开车跟着罗洁明回了县城。

罗洁明对杨江主说："今天晚上我想请农业银行张书儒行长吃饭，你联系一下，就说是我请的，看他赏不赏脸。"

杨江主说："他应该受宠若惊……"

罗洁明马上打断杨江主的话说："不能这么认为。现在银行是商业化银行，其经营活动以效益最大化为根本目标，不能用过去的思维方式去处理我们与银行的关系。我们必须十分明确一个问题，那就是要发展经济，必须依靠银行。我们是农业大市，首要是处理好与农业银行的关系，要争取农业银行加大对农业贷款的投放力度。我上任后第一站来宾东，请的第一个客人是宾东县农业银行行长，接下来还要到各县去，和各县的银行行长交换滨山经济建设大计，这也是我这次出来的一个重要任务。回去后，我还要请滨山市四大银行行长吃饭。没有银行的支持，滨山市的经济、滨山市的农业和农村发展是困难的。"

杨江主当了几年县长，他懂得这点吗？

国　画

　　蒋开尼是著名画家。他从英国举办个人画展回来后，神情显得很沮丧。直到第五天，他才走进市文联为他安排的画室。

　　邮递员不知何时从门缝塞进来一个信封。是五山市第三届书画艺术展组委会寄来的。他打开信封，里面是一封邀请函。他糊涂了。他什么时候送画参加过画展呢？但是邀请函上清清楚楚地写着，他的画《无题》荣获五山市第三届书画艺术展特等奖，请他务必于重阳节上午八时三十分，到市文化局书画展览馆参加颁奖大会。蒋开尼皱了皱眉头，他深感莫名其妙。他横竖就没送画参展，何来获奖？他摇摇头自嘲道，要是在英国有这样一群崇拜者那就好了，至少不至于举办个人画展一个月，才售出三幅画。

　　蒋开尼是个性格怪僻，且孤独的画家。在五山市，他只结交一个朋友，叫杜一中。除了杜一中，什么人都不能去他的画室。当然，杜一中那个调皮的、刚刚上小学二年级的儿子乒乒是个例外。

　　蒋开尼记得，大约一个月以前，五山市文化局局长、五山市第三届书画艺术展组委会主任杨立秋曾经给他打过电话，说，这届画展是否成功，关键是蒋开尼送不送画作参展。他恳切请求蒋开尼，无论有多忙，也要给他一个面子，支持他的工作。但是蒋开尼正全力准备去英国举办个人画展的事，实在没空，就推托。杨立秋退了一步，说，蒋老你实在没空，就给一幅过去画的画，即便是练笔画的画作也行。蒋开尼不愿意多说，印象中，他好像"嗯"了一声，便挂断了电话。

杨立秋弄不清楚蒋开尼到底同意还是不同意。有自称读懂蒋开尼的人说，一般蒋开尼不说话，说明他已经拒绝了。杨立秋半信半疑。他认为，蒋开尼是"嗯"了的。"嗯"了，就说明是有希望的。

蒋开尼去英国举办个人画展的前一天晚上，杨立秋又给蒋开尼打了电话。他不直接提及送画参展一事。他想，蒋开尼这个时候接了他的电话，自然会想到送画参展的事。他借故说了另外一件事情。杨立秋说，五山市有个很有潜力的业余山水画作者，很想送一幅画参加市第三届书画艺术展，但没能买到画纸，看蒋老能否给那位业余山水画作者几张画纸。蒋开尼只"嗯"了一声，就挂断了电话。但是蒋开尼的这一声"嗯"，在杨立秋看来，是一种希望。他认为，蒋开尼的这一声"嗯"里头，有太多的猜想空间。或者送画参展，或者给那位业余山水画作者几张画纸。

实际上，那天晚上，正好杜一中在蒋开尼的画室。蒋开尼当即卷了几张画纸，交给杜一中，叫他拿去给杨立伙，由杨立秋转交给那位业余山水画作者。蒋开尼想，会不会杜一中错把他练笔的画送去给杨立秋了呢？他马上打电话给杜一中。杜一中说，绝对不会错。绝对是几张空白画纸，他记得再清楚不过了。他还说，那天从蒋开尼的画室出来后，已经是深夜十二点多，太晚，他没有把画纸送去给杨立秋，第二天，他送蒋开尼出国后，单位有事，到了第三天的上午，他才把蒋开尼卷好的画纸送到文化局给杨立秋的。

那么到底是怎样一回事呢？蒋开尼的情绪虽然还没有恢复到出国前的状态，但是他总觉得还是先把这件事搞清楚了才是。他请杜一中和他一起去找杨立秋了解一下。杜一中说，他老婆出差，他得等学校放学，他接了儿子乒乒后一起去找杨立秋。

杜一中把蒋开尼，还有他调皮的儿子乒乒拉到市文化局，杨立秋不在。他们一起来到了五山市第三届书画艺术展览馆。

参观书画展的人还真不少。特别是在第一展厅的首幅画前，围着许多人，有青年人，有中年人，更多的是老年人。蒋开尼想，到底是为老人节举办的书画展。围着的人都很认真地欣赏着一幅题为《无题》的画作，或抱臂，或叉腰，鸦雀无声。一多半的人的眼睛里流露出对《无题》十分不理解的神情。但是奇怪的是，竟然没有一个人说自己没读懂《无题》，他们都尽力在脸上表露出自己的深沉。

蒋开尼双手抱着臂，他站立在人圈之外，认真地看着《无题》——这幅装裱精致的画——其实，无论如何他也不敢相信这是一幅画：画面上，一个不是很圆的黑圆圈的下面，是三条画得弯弯曲曲的粗黑线条。黑圆圈的左上方，是墨汁涂画成的一大片黑团团。黑圆圈的右上方，歪歪扭扭竖写着"无题"二字。黑圆圈的左下方到底写了些什么，因为人多，蒋开尼就看不见了。他只想笑，但笑不出来。当他的眼睛和杜一中的眼睛对视时，他们会意地笑了。蒋开尼想，这个世界真的无奇不有，闹不好碧海市就是专门制造"怪异"的风水宝地呢。

这时，蒋开尼透过人群看见了杨立秋。

杨立秋站立在人圈的最里层。他抱着臂，很深沉地欣赏着《无题》。

蒋开尼想叫杨立秋。但是杨立秋此时像是自言自语说道："这实在是一幅名画，只有名画家才能画出如此绝妙的画来啊。"

蒋开尼的心一紧。

本来鸦雀无声的展览馆,开始响起一片赞同的声音。不发表议论的人,也点头表示同意,好像不表态,就会被旁人耻笑是外行。

杨立秋接着说:"这幅画的思想性、艺术性都达到了顶峰。"站立在圈外的人,踮起了脚尖,认真地听着杨立秋的评说:"不很圆的黑圆圈,这是太阳啊!不是很圆,就说明太阳也不完美。纵观世界历史上所有风流人物,有完人吗?"杨立秋很激动地打着手势,"用墨汁画太阳,本身就是大胆的尝试,不,这其实是一个创造,这太有创见了啊。太阳也有不足啊!金有足赤吗?太阳下面那三条歪歪扭扭的粗黑线条,画家不说出来的话是:太阳之外有地球,地球之上有水,有水才有生灵存在啊!想想啊,红花要是没有绿叶衬托行吗?大家看,太阳上面有一片黑云,这有多正常呢?人生的道路上,有谁说他能一帆风顺呢?"杨立秋的高论,简直把蒋开尼也搞糊涂了。杨立秋越说越激昂:"这幅画用笔有多简洁呢,才五笔,'五'是'我'的谐音,画家在暗示,我作为社会之一分子,在人生的道路上能停留下来吗?我又延伸到我们,我们的国家在向强国发展的道路上能停滞不前吗?这样的画,除了著名画家蒋开尼之外,还有人能画出如此深刻的画来吗?"

蒋开尼想叫喊,但是他没有喊出声来。

有人问杨立秋:"蒋开尼画家愿意出售这幅画吗?"

杨立秋说:"愿意,当然愿意。蒋开尼画家这次出国办画展,还不是为了卖画?"

蒋开尼的脸面立即浮上了几朵红灰色的云,但是很快就消失了。

杨立秋说:"蒋开尼画家的画,具有很高的收藏价值。这幅画是蒋开尼画家在出国之前托他的好友杜一中先生送来参展的。"

杜一中想叫杨立秋，但是被蒋开尼拉住了衣角。

杨立秋说："杜一中先生送来这幅画时，还没来得及装裱。但是我一看就知道是上品，立即组织人马裱了出来。"杨立秋很得意的样子，接着说："我要告诉大家，这幅画荣获本届书画艺术展特等奖。本届书画艺术展一等奖空缺，重阳节颁奖，奖金三万元。"接着，杨立秋问，"有谁要买下这幅名画吗？"

"当然有。"一个中年人说。

有人接着提议，这样一幅名画，应该在碧海市举行一个大行拍卖会。

随后是一片附和的声音。

"五十万元我买下了。"一个年轻人说。

"六十万元我买下了。"一个老年人说。

杜一中的儿子乒乒见热闹，他嚷着叫他爸爸把他抱起来。

"七十万元我买下了。"一个手提大哥大，大腹便便的大款举手说。之后再没有人加价。蒋开尼没有了浮躁，没有了飘飘然。他明白自己的脚，此时踩在地上。

"还有人出价吗？"杨立秋大声问。

杨立秋竟然像是交易台上的主拍，说："七十万元，还有人出价吗？"他看了看四周再无人出价，说，"好，没有人再出价，七十万元成交。"

那位大款紧紧地握着杨立秋的手。

杨立秋说："具体还得与蒋开尼画家最后商定。相信蒋开尼画家会同意这个价的。"说话的同时，他很自信地拍拍大款的肩膀。

顿时响起热烈掌声。

杜一中那个调皮的儿子乒乒大声地叫起来："爸爸，那是我画的画，哈哈!"

所有人的目光都转向杜一中和杜一中的儿子乒乒。

这下把蒋开尼和杜一中给愣住了。就是在这时,杨立秋转头看见蒋开尼。他激动地叫道:"蒋开尼画家,你来了。"

每一个人的脸面都转向蒋开尼。所有的眼睛都对这位久闻大名的画家流露出敬佩的神情——没有一个人把杜一中的儿子乒乒说的话当真。

"七十万元我买下了你的画,蒋画家你可同意?"大款从人堆里挤了上来,握住蒋开尼的手,很激动地说,"如果你同意,日后怎么处理便是我的事了。"

杜一中的脸面铁青。

蒋开尼面对杨立秋和站在他跟前的大款,还有围在他身旁的人,他无话可说,其实他不知道说什么好。但是蒋开尼只犹豫了片刻,大家都看见了他轻轻地点了点头。他仅仅点一下头,气氛顿时就活跃起来。

杨立秋抓住时机,说:"蒋开尼画家,看你这幅画送得急,还没盖上印章呢!"

人群里闪开一条道。

蒋开尼不再犹豫。他走向那幅画,这才看清楚"画"的右下角歪歪扭扭地竖写着"蒋开尼"三个字,时间是乙亥年七月十五日。蒋开尼平时总是把印章带在身上,以备有人索画题词什么的。此时他从裤兜里取出印章,在嘴巴上吹了口热气,在那幅画的左下角盖上了印章。

几乎所有在场的参观者,在杨立秋的带领下,又热烈地鼓起掌来。

蒋开尼和杜一中,还有杜一中的儿子乒乒,他们回到蒋开尼的画室后,蒋开尼和杜一中才盘问乒乒到底是怎样一回事。杜一中的儿子乒乒如实招供:就是蒋开尼出国办画展那天,杜一中去送蒋开尼,乒乒自己在家没啥好玩,就去了杜一中的书房,将杜一中从蒋开尼处拿回来的画纸铺开,画了那幅"画"。因为平时去蒋开尼的画室,见蒋开尼的很多画都写"无题",乒乓就写上"无题"。在落款处,学着蒋开尼也写下了"蒋开尼"三个字。至于乙亥年七月十五日,是乒乓看蒋开尼出国之前画的一幅画,时间是乙亥年七月十五日,乒乓也学着写下了。乒乓生怕杜一中回来见了骂他,便照原样卷起放回原处。

杜一中听后,他很生气。他真想给儿子一记耳光,但是被蒋开尼挡住了。

杜一中说:"真对不起。"

蒋开尼说:"七十万元很合算。"他还学着外国人耸了耸肩膀,摊开双手。

杜一中不知说什么好。

蒋开尼摸了摸乒乓的头,说:"七十万元是我蒋开尼的无形资产。特等奖三万元是乒乓的功劳。杨立秋会从七十万元中划走十万元,否则他不会如此卖力。但是无论如何,我蒋开尼还有六十万元,填补了这次出国举办画展的亏损,还有盈余。合算,合算,合算啊。"说罢,他大声地笑起来。那张憔悴的脸面,印下了尴尬的皱纹。

杜一中很认真地看着蒋开尼。这样认真地看蒋开尼,他还是头一次。他想,蒋开尼这张脸,实在也是一幅上等的名画。

春天不再

一

路小鸣认为自己实在太没有道理了，怎么老想着王芳呢？她才二十岁，还在读大二，自己不是老叫她黄毛丫头吗？

路小鸣之所以认为自己老想着王芳没有道理，当然是众所周知的原因。他比王芳大十六岁，而且八年以前就已经结婚，女儿都已经七岁。他的女儿长得跟他简直就是一模一样：小眼睛，塌鼻梁，厚嘴唇。要是没有一张还算白皙的脸，那简直没法对得起观众。俗话说，一白遮九丑，他就属此类。他的那张还算白皙的脸，把他那不成模样的五官集合在一起，总体看起来还有几分魅力。王芳说，她对路小鸣有所感觉，就是从他的脸面开始的。当然那是后来的话。

路小鸣认识王芳纯属偶然。

路小鸣有个发小叫张耿，大学毕业后，在省城找不到工作，他突然来了个英雄举动，志愿献身山区乡镇事业。他的举动，还一度被媒体炒得沸沸扬扬。那天，他突然病了，他打电话给路小鸣："我这回真的病了，你得来看我。我太需要你来看我了，实在太需要了，你无论如何得来一趟！"

路小鸣没办法。张耿三十六岁了，还没老婆，一个人在山区工作，实在不易。况且他俩穿开裆裤的时候，就玩在一起了。

其实，那天他特别懒，而且有些疲倦。要是他不懒，不疲倦，他开自己的佳美3.0轿车去看张耿，就不会遇见王芳。但是他懒，他疲倦，他选择坐大巴客车去峰流镇看张耿，在返程的车上，他遇见了王芳。

峰流镇不大。有四个宿舍区，张耿住东二区二栋一楼一个单人间宿舍。已经是午饭时分，房间里还挤满了人。路小鸣看到这种情景，他的第一个感觉是，张耿的人缘一定不错。但是他马上提出了疑问：张耿为什么在乡镇干十多年了，还只是一个人大办公室主任，满打满算也就是一个股级干部。难道张耿已经属于休闲之列了？

路小鸣看见人太多，他不想马上叫张耿。但是张耿看见了路小鸣。张耿很高兴，他两手撑着枕头坐起来。

路小鸣马上挤进人群，靠了上去，说："老实点，别起来，不是我病哟！"

张耿真是病了，病得还不轻，他的脸面通红。

路小鸣不是医生。凭经验，他断定，张耿多半是发高烧。

张耿把路小鸣介绍给大家："这是我省著名青年作家，也是我省青年企业家，是华椰股份总公司总经理路小鸣先生。"他特别提高声音，"我俩穿开裆裤时就玩在一起……"

路小鸣给张耿使眼神，示意他不要多说，张耿这才不情愿地打住了。

就在张耿打住的时候，一个姑娘急忙走了进来。她附在一位中年妇女耳旁，不知说了些什么，姑娘和中年妇女走了。

张耿很失望的样子。他显然是对路小鸣一个人说:"那是我们峰流镇的妇联主任,那姑娘是她女儿,叫王芳。她在省城读大学。"

路小鸣从张耿的目光中能猜到什么,但那只是猜。让路小鸣没有料到的是,在返程的车上,他竟然和王芳同坐一条凳子。

路小鸣说:"你是妇联主任的千金?"

王芳很诧异。她的眼睛瞪得老大看着他。显然,在张耿家那个单人间宿舍,她没有看见他。

王芳问:"你怎么知道的呀?"

路小鸣说:"在张耿家的时候。"他反问,"很不乐意?"

王芳不语。过了一会儿后,她问:"先生也去省城?"

路小鸣说:"是。"

王芳淡淡地说:"我也去省城。"

路小鸣说:"我知道,你在省城读大学。"

王芳又一次瞪大眼睛看着路小鸣。不过,这次她不说什么。路小鸣自然也就不便再说什么。

沉默了很长一段时间后,王芳说:"先生是干哪一行的?"

路小鸣顽皮地问:"你看呢?"

王芳笑笑,说:"如果我是相学家,那一定能从你的脸上判断出你是干哪一行的。不过看样子,先生好像属于与书有缘的那一类。"

路小鸣笑而不语。王芳很健谈,她问:"先生都读些什么书?"

路小鸣随意说了几本。虽然他很不喜欢在这种场合谈论书本。

王芳说:"近期作品都读了些什么?"

路小鸣说:"没看头。"

王芳说:"有同感。"

这回轮到路小鸣瞪大眼睛看着王芳。

王芳继续问:"读过刚发表的,报纸杂志闹得一塌糊涂的《天空与大地之间》吗?"

路小鸣心的深处有一股热流通过。他说:"看起来你是读过的了。"

"不仅读过了,还读过多遍呢。"

路小鸣问:"你喜欢文学?你对这部中篇小说有想法?"

王芳说:"简直没法说。"

"为什么?"路小鸣心里有些紧张。这是他自认为写得还算满意的一部作品。

"作家路小鸣先生好像还生活在旧中国。男主人公肖劲生长在什么年代?是二十一世纪初。肖劲生活在什么环境?是中国社会观念最超前的经济特区。试问,生长在这个年代,生活在这个环境的男人,你见过有哪一个像肖劲那样,因为一次偶然,就如此责备自己,甚至把自己折磨得死去活来的吗?"

路小鸣的脸红了个大烧盘。即便王芳说的只是她的观点,但是她的这个观点,比起那些所谓著名评论家所争论的观点来,要尖锐得多。

路小鸣思考着怎样说服王芳。

可能是没见路小鸣说话,王芳用肘部碰了碰路小鸣:"说得不对是吗?"

路小鸣还在思考。

王芳自言自语:"我很可怜肖劲。真的,这样的男人,我很看不起他。我搞不明白,作家路小鸣为什么塑造这样一个人物。他是不是想宣扬一种过时了的传统观念?"

路小鸣低声说:"你可知道,现在美国等一些西方国家,在婚姻和性的问题上,正掀起一场回归传统运动。而我们呢,在这方面有好的传统,现在却面临着前所未遇的挑战。作者呼吁保留好的传统。当然,连作者自己都说不准是不是美德。"

"你的观点基本上是路小鸣的观点。"

"我就是路小鸣,路小鸣就是我。"

王芳那双大而圆的眼睛,睁得老大看着路小鸣。沉默很长时间后,她说:"性的开放是社会开放的潮头。性的开放要有革命的勇气。你说句实话,你能理解肖劲这个人吗?千万别把人性美化了啊!"

路小鸣听得出来,王芳的话里有刺。他不想针锋相对,但也不能让她自以为是。他说:"你太偏激,真的,你太偏激。"

王芳想说什么,嘴动了动,却什么都没有说。

大巴客车颠波前行。王芳看着窗外绿的山峦,蓝的天空,好像在思考着什么。很长时间后,她好像是对窗外的天空,又好像是对路小鸣,说:"要写时代的人,时代的事,就不能偏离这个时代人的思维方式和行为方式。"

路小鸣不想和她理论。但他得承认,王芳对现代社会的理解有自己比较独特的角度。他对王芳已经另眼相看。

下车后,路小鸣主动把手机号码给了王芳,笑着说,如果对《天空与大地之间》还有什么牢骚,就找我,我随时恭听。

王芳笑笑,说:"再见了,路小鸣先生。"说完,头也不回地走了。

二

一个多月后,路小鸣写了一部中篇小说《秋雨》,是探讨爱情、婚姻和性的问题。他认为,自己和王芳这代人对这个问题的思考,肯定存在着很深一条代沟。这条代沟随着时间的流长而延伸,而且越往前走越深。要填平这条代沟,对文化要进行一场革命。小说脱稿后,他第一个想到的就是王芳。他想先拿给她看,看她是什么观点。但是他把电话拨到王芳所在的那所大学时,值班室里的保安说,学校有规定,不准许叫人。就是准许叫人,那也太远,一句话,他决不会为路小鸣去叫王芳。

路小鸣有几分失望。他不知道为了什么而失望。

几个月后。那是夏天的一个黄昏,路小鸣的手机铃声响。他接起电话,未料是王芳。她的声音很大:"你是路小鸣先生吗?"

路小鸣说:"是。"在他说是的同一时刻,他想,这个王芳怎么没有一点儿女性的温柔?这和车上见到过的王芳不是一个人似的。他说:"失踪了?很想听听你的批评意见呢!"

王芳说:"忽然想拜读你过去的作品。当然,也不拒绝读你现在的作品。"

路小鸣说:"没问题。"

"那就过去的和现在的都读。我想研究你的作品而不是研究你。"

路小鸣玩笑地说:"你当批评家绝对没有问题。真的很需要你这样的批评。"

电话那头静了片刻。多半是对路小鸣说的话没有把握。过了几秒钟后,她问:"我到你那里去拿,还是怎么着?"

路小鸣说:"我有一部暂时还不想发表的中篇小说,已经脱稿几个月了,很想听一听你这代人的观点,特别是你的牢骚怪话。"

王芳在电话那头只笑不说。

路小鸣想了想,说:"这样好了,我请你在山海宾馆吃饭怎样?"

王芳说:"可以。"

路小鸣心里很高兴。他没有想到王芳会这样爽快地答应和他吃饭。

半个小时后,路小鸣在山海宾馆见到了王芳。

王芳的头发乌黑柔软,一只发卡把头发笼到后背,看上去很飘逸。初月般的眉毛,淡淡描过,给那双大而圆的眼睛增添了几分柔情。嘴唇抹了口红,椭圆的脸略施了胭脂,显得很有精神。她身穿一套黑色连衣裙,脚穿一双棕色平底皮鞋。整体看起来,显得很成熟。

路小鸣要了一个小包厢,点了一斤花螃蟹,半斤海鳗,四只对虾,两碗鱼翅汤。他特意叫服务小姐把门关上,说,有需要时才招呼。

这餐饭吃了三个多小时,谈的问题很多。路小鸣发现王芳很能谈,一个问题接着一个问题,没有间断,而且很有思想。有些问题,根本不是二十岁姑娘所能认识的。从这天起,路小鸣对王芳更加另眼看待了。

三

放暑假那天,王芳打电话告诉路小鸣,她中午就回家,一点钟的车。

路小鸣问:"要不要送一送呢?"

王芳在电话那头大声说:"当然要送啦!不送怎么能对得起你的朋友张耿呀!他不是在拼命追求我吗?"

路小鸣这才想起张耿前些天给他打过电话,叫他帮他去找王芳,在王芳那里多吹捧他几句。路小鸣本想告诉张耿,他已经认识王芳,而且一起吃过饭。但不知怎的,他没有说。

路小鸣是在大巴车将要开走时来到车站的。王芳从车窗口伸出头来,叽叽呱呱地说着她这个暑假的计划。

路小鸣淡淡地对王芳说:"祝你圆满完成暑假计划。"

车开走后,他有一种莫名其妙的失落感。特别是王芳在车启动时,冲着他甜甜的微笑,深深地印在他的脑海里,直至现在,还不能忘记。

暑假期间,王芳几乎每天都给路小鸣打电话。

王芳说,她在一个山区搞社会调查,课题是山区农村经济发展的问题与对策。对王芳的课题,路小鸣没有兴趣。但是对王芳这个黄毛丫头的性格,以及她表现出来的那种很难用语言表述的内涵,他有一种要把她研究透彻的欲望。

四

路小鸣觉得暑期很漫长,但总还是过去了。

王芳提前三天回学校。

王芳回学校后的第一天,她打电话给路小鸣,约路小鸣出去玩。路小鸣手头的事情很多,但还是答应了。

原打算去钓鱼,但是来到郊外,刮起了大风。

路小鸣开玩笑说:"天空不同意我和你出来玩呢!"显然,路小鸣的玩笑带着试探性。

王芳看了看天空,说:"天空说的是天话,管不了地上的人。"

路小鸣问:"怎么办?"

王芳说:"我们找一个安静一点的地方坐下来聊天好吗?"

路小鸣说:"想法不错。"说着,他就调转车头,开往附近一个温泉度假村。

那里的天空是真正的蓝,风儿特别凉爽。从山间流出来的温泉水,冒着热气,穿过一座半圆形石拱桥后,流进了六个形状各异、大小不同的泡池里。泡池四周,建了许多风格独特的小别墅。那些小别墅,组成了一幅十分优美的图画。步入其间,像是走进了人间仙境,把人带向一个如梦如幻的境界。

王芳快乐得像一只鸟。她大声喊:"泡——温——泉——喽!"她的声音在四周回荡。她拉起路小鸣的手,沿着泡池,走向一个泳装专卖店。

路小鸣心里在说,真是个小孩。

泳装换好后,俩人坐进一个红桃花形泡池里,并排坐在一个大卵石上,边泡温泉边聊天。

王芳告诉路小鸣,两年前,她失去了父亲。她的父亲是在一场车祸中不幸遇难。她的妈妈才四十三岁。上大学后,她每个月回家一次,每个星期给妈妈打一次电话。她动员妈妈快点为她找个继父,理由是,年龄越往后越不好找,但是她的妈妈不愿意。王芳说,她特喜欢跳舞。小学六年级的时候,她考上了艺校,她爸爸不同意她读。高考时失误了,但她不想读大专,想复读一年再考,可她妈妈说她早熟,怕日后连大专都读不成,就哄着她读了大专。王芳说,还读初中时,就有男孩子追求过她,到了大学,收到的情书更多,她多半不回信,有些信她甚至看都没看就扔了。她告诉路小鸣,她妈妈特别喜欢张耿,说张耿有能耐,认识的人多,且张耿认识的人在社会上都有名气有地位,大学毕业找工作时张耿能帮上忙。

路小鸣问王芳:"你对张耿的印象怎样?"

王芳说:"坦白说,我没看起你的朋友张耿。"

路小鸣问:"为什么?"

王芳说:"他虚荣心太强,而且为人太虚伪。他一天到晚吹嘘说他和谁谁是朋友,他的朋友怎样有能耐。他只能哄那些像我妈这样的妇人。"

　　路小鸣说:"张耿真的是个很不错的人,我从小就跟他玩到大,问题是,他的年龄相对你来说偏大了些。"

　　王芳说:"年龄怎么会是个问题呢?"她几近抗议地说,"我不想听任何人的话。"

　　路小鸣看着王芳,王芳也看着路小鸣。他们心照不宣。

　　从泡池上来后,王芳看着天空,看着四周如画的景色,说:"如果在这里过上一夜,肯定是一个难忘的夜晚。"

　　路小鸣明白王芳暗示什么。但当他在服务总台开房后,他却改变了主意。他决定把王芳送回省城,即使王芳很不高兴。

五

　　路小鸣坐在电脑前足有三个小时,但是一个字都没能敲到显示屏上。到了深夜十二点,他的妻子尚知然照例为他冲上一杯咖啡奶,他却没头没脑地冲着妻子大发脾气。那天,尚知然呆呆地站了很长时间后,很尴尬地走出了他的书房。

六

　　快要下班的时候,王芳打电话给路小鸣,说她病了,正在医院打点滴。

　　路小鸣问:"你是不是叫我来看你呀?"

电话那头不说话。

路小鸣问:"你在哪家医院?"

"市第六人民医院三楼针剂大厅。"

路小鸣想了想说:"我马上过来。"

不到二十分钟,路小鸣来到了医院。

王芳躺在一张铺着雪白床单的病床上,她的袖子卷到胳膊弯处,挂在一根钩子上、已经兑了药液的葡萄糖盐水,顺着一根透明胶管,流进了王芳雪白肌肤底下的血管里。

路小鸣说:"死不了吧?"

"能死那才叫福呢!"

"这话怎讲?"

"上帝不会这么快就把我招回去的。我才二十岁,我死了有人会很痛苦的。"

路小鸣提高嗓子,抗议地说:"你别感觉太好了,我已经……"他想说他已经过了为女孩子痛苦流泪的年月,但是话到了嘴边又咽回去了。

王芳好像知道路小鸣要说什么,她的眼睛快速闭了一下,很快便张开了。这一闭一张,路小鸣马上读懂了一扇心灵的窗户。

路小鸣看着吊在钩子上的葡萄糖盐水,说:"本先生明天出差,十天半月是再正常不过的。"

"挺好!我特喜欢病了没人看,那才叫安静。"

"别说得太轻松,每个人都有事情要做。"路小鸣说话时,眼睛看着窗外。

"我并没有反对意见呀!"

路小鸣笑笑,王芳也笑笑,什么话都不用再说,说了就显得多余了。

七

尚知然夜里十二时后,照例端一杯咖啡奶放在路小鸣电脑桌上。路小鸣喝了一口,知道没有放咖啡伴侣。要是在以前,路小鸣会问为什么不放伴侣,但是今天,他什么都懒得说。倒是尚知然不再沉默。她很严肃,语气却很轻松地说:"老公,你可别用这种眼神看我,我是你老婆!"

"我什么眼神?"路小鸣问,声音很小。

尚知然把椅子拉近路小鸣的身旁坐下,继续说:"老公啊,你最近魂不守舍。"她停了停,接着说,"缘何而起呢?如果我没有猜错的话,你已经外遇。"尚知然说这句话的时候,就像是对一个刚认识不久的朋友说话。

路小鸣说:"不可能!"他的声音仍然很小,连他自己都差点没听见。

"看你这话说的,有气无力,说明你心虚。"

"不会吧!"路小鸣稍微提高一点声音说。他不得不承认,尚知然的话很到位,而且很锋利。

"你连争辩的勇气都没有,怎么还能说不呢?"尚知然虽然咄咄逼人,但她的语气还是很温柔,是那种柔中带刚。

路小鸣低着头,不断敲打键盘,显示屏显示出来的,却不成一个句子。

尚知然说:"从心理学的角度说,一个人如果真实的话,他说话时眼睛应看着对方,要是他在说谎,那么他的眼睛多半看着别处。你此时的眼睛就是看着别处。"

路小鸣抬起头看了看尚知然,语调很低地说:"没那回事。"

"从你此时的眼神看,你有几分尴尬,说明你实在有那回事。你是个很坦诚的人。你的优点是坦诚,你的缺点也是坦诚。你坦诚了你就把你心中的全部秘密都写在了脸上。"说到这里,尚知然用她那双纤细的手,拍了拍路小鸣的肩膀,接着说,"爱情这东西偶然的因素很多,从偶然到必然有个过程。我想,这个过程你也许不知不觉。我发誓,我绝不强求你必须爱我,因为爱是不能强求的。但是我必须说,婚姻是要有责任的,况且我们婚姻的基础是爱情。"

路小鸣不想和尚知然争辩。他承认,尚知然具有女性特有的敏感与判断力。她毕竟是心理学教授。然而,可悲的是,路小鸣实际上还没有弄清楚,他和王芳之间的这种关系,是不是就是爱情。

尚知然说:"你陷入不深,至少没有你和我恋爱时的那种深度。从理论上说,男女间第二次恋爱永远不会比第一次来得纯真。特别像你这类过了而立之年的人。"

路小鸣不吭声。

尚知然站起来,摸了摸路小鸣的头,走出了书房。

尚知然经常使用这种手法,使你措手不及,然后留给你一个很大的空间,让你自己去拿主意。而路小鸣呢,总是显得不知所措。

八

天气真的不错。天空湛蓝。湛蓝的天空中,鸟儿自由自在地飞翔。大地绿油油的。绿油油的大地上风儿轻轻地吹拂。从大地到天空,春意很浓,浓得像酒,让人陶醉。路小鸣的心情就像这天空和大地一样,真得很不错。吃过早餐后,他主动对尚知然说:"带女儿去逛逛街。"

尚知然的反应当然是积极的。她边为女儿换衣服，边说："难得啊，已经很久了啊！今天就在外面吃肯德基，圆圆你说好不好？"

女儿高兴得手舞足蹈，叽叽喳喳地说："吃肯德基嘞，吃肯德基嘞。"

然而，就在路小鸣一家人要出门时，他的手机响了起来。看显示屏，是王芳打来的。王芳在电话里说，她特别邀请路小鸣参加野外烧烤。其实，路小鸣完全有理由说不去，因为他曾经多次对王芳说过，他不想和她一起在公众场所出现。但是也不知道是怎么搞的，王芳在电话里撒了几下娇，他就答应去了。如此，他必须对妻子尚知然和孩子撒谎。但是他撒的谎笨笨的，连他自己都骗不了，怎么能骗得了尚知然？

尚知然没有揭穿他。她对女儿说："爸爸有事啦，妈妈和圆圆去逛街吃肯德基啦。"说完，她叫女儿和路小鸣说拜拜，把女儿带出去了。

九

路小鸣开他的佳美3.0轿车，王芳坐副驾驶位，她的同学，两男两女，挤在后排，一路春风，打打闹闹来到了郊外。

这是一座山峪，四面环山。瀑布像一条白色飘带，从山顶上飘飞而下。四周山峦翠绿，景色秀美，宛如一幅山水画。王芳和她的同学并没有去欣赏这秀美山川，而是爬上一座山的山腰，把从山下带上来的牛肉、羊肉、黄鼠肉、野猪肉，配上调料，用竹枝一块一块串起来，摆放在树荫底下。他们拾来干柴，烧成火碳，把串好的肉串放在火碳上烤干烤熟，然后打开啤酒，边吃边唱边跳，疯得像美国年轻人跳街舞。然而，就在此时，路小鸣很强烈地意识到，他和王芳他们已经不是一代人。虽然生活在同一个空间，但不在同一个层面。

回来的路上，路小鸣的话特别少。王芳好像感觉到了什么，但是她没有因为路小鸣的情绪而停止和她的同学一起疯狂。

十

张耿打电话给路小鸣的时候，他正在写一部探讨婚外恋的小说。

张耿在电话里很激动地说："你早就已经认识王芳，并且一起吃过饭，一起泡过温泉，一起……"张耿一连说了几个一起后，大声责问路小鸣，"你为什么不告诉我？你为什么明知道我追求王芳，你还和她……"他几乎是叫喊，"路小鸣，你还算是朋友吗……"

路小鸣什么话都不想说。张耿的大声责问，好像把他责问醒了。他问张耿："你追求王芳？王芳答应你了？！你认为那是现实吗？"他停了停，想听一听张耿的反应。但是张耿对他的问题，显然没有思想准备。他接着语气平和地说："我已经没有了那资格！而你和王芳呢？不论从哪个方面说，根本就不在一个层面上。我今天只说这些，再见！"说罢，他不再给张耿说话机会，把电话挂断了。

十一

尚知然在夜里十二时后，照例端一杯咖啡奶放在路小鸣的电脑桌上，好像在这之前，横竖就没有发生过什么事情似的。所不同的是，她什么都不再说。她默默地站在路小鸣的身旁，好长一会儿后，她悄悄地走出去了。

路小鸣感到内疚。他不想说什么。他认为，现在说什么都是多余的。不过他有个打算,虽然已经是秋末,不是旅游的最好季节,但是他决定带上妻子和女儿,到黄山庐山去走一走。他相信,那一定是一次快乐的旅游。因为尚知然是那类很善于弥合精神伤口的医生。

市长的女儿

一

赵茹是碧海市市长赵久伟的二女儿。

这天晚上,赵茹站在她家宽敞的客厅里,郑重向全家人宣布,她要嫁给翁在元。但是她说这话时,全家没有一个人回应。

赵茹见全家没人回应她的话,她加重语气说,已经决定了。

赵久伟横竖就没把女儿的话当真。他坐在沙发上看《碧海晚报》,过了很长时间后,他语气缓慢地问赵茹:"陈昊有什么不好?"

赵茹反问:"在元有什么不好?"

"这是一辈子的大事嘛!姑且不说陈昊处长的前途有多么光明,也不说他是省委组织部部长的独生子,就说他追求你六年多,可见其一片真心嘛!"

"我要嫁的人是翁在元,已经决定了。"赵茹发誓地说完后,走进了自己的卧室。

直到这时,赵久伟才知道女儿的话是认真的。他对面的沙发上坐着妻子章会珠和大女儿赵婷。

章会珠一句话没说。她知道二女儿赵茹的话是认真的。但是对待二女儿，绝不可硬来，她反对别人让她做什么，不让她做什么？

　　章会珠在赵茹走进卧房后，她像是对大女儿赵婷，又像是自言自语："这简直是在开玩笑。"

　　赵婷好像没她什么事，一边织毛衣，一边看电视。在她看来，妹妹太感情用事。她还一直认为，妹妹赵茹的优点是无论干什么事情都很投入，但缺点恰恰也在这里。她曾经不止一次地对赵茹说：你得学会忍耐和屈从。任何时候，你都要切实认准了哪条路是正确的，然后你再往前走。可是赵茹反倒说她无主见什么的，后来她再也不管赵茹的事情，其实她也管不了。

　　赵久伟把手中的《碧海晚报》扔在沙发上。他走到窗前，拉开窗帘，推开厚重咖啡色玻璃窗。窗外有月亮，月色姣好。他眺望天空，蔚蓝的天空中有几片白云，由南向北飘移。大海在银色的轻纱中缓缓蠕动，海风带着咸涩味吹向他的脸面，即使他出生在这座亚热带滨海城市，后来又一直在这座城市里工作和生活，直至成为这座城市的市长。但不知是咋的，他总还是习惯不了这海水的咸涩味——这是秋天的季节。

二

　　赵茹躺在床上翻看着"知识台历"。她像忽然想起什么似的把电话拨到图书馆，翁在元果然在图书馆。她告诉他，她决定农历九月初九和他结婚。

　　翁在元感到有些突然。他反应过来后，语气调皮地说："令尊令堂大人同意啦？"

"就是不同意才这样。"赵茹说，"不过请你千万要记住，这可是我自个儿的事。"

翁在元哈哈笑了起来。其实，他最喜欢的就是赵茹的这一点，不依附别人，不依仗权势，一切都依靠自己的能力。

"这么急么？不可以推迟一些日子么？"

"不行。"赵茹没有给翁在元留下商量的余地。她说："九是天。且九有天长地久之意。记住啦！五年前农历的九月初九是我们相识的日子，那可是个好的开头。"

"可是总得准备点什么才是。"

"不需要准备什么。你明天收拾好你那房子。我想好了，举行个结婚舞会，告诉朋友们，翁在元和赵茹已经结婚了。"

"想法倒是不错。"翁在元赞成地说。

三

挂断电话，翁在元马上离开图书馆，往自家方向走。

后天就是农历九月初九。不管怎样说，总算是一件大事，父母亲都在乡下，没有人帮忙，一切都得自己动手筹办。他在一张信纸上，把明天需要办的事一项一项详细列了下来，免得忙碌起来乱了方寸。

第二天一大早，翁在元就上街把家具全买回来了。接着，收拾起新婚房来。

说是新婚房，实际上是一间只有十八平方米的小平房。翁在元读过《周易》，他不迷信周易学说，但是他愿意照着去做。他认为，那样感觉好。他把书桌摆放在东面的窗口下，衣柜立在东北角处，卧床摆放在屋子的中央位置，床头靠南。他认定自己是这个世界上最平凡的人，但也希望寿比南山。他在茶几上摆放了一个浅蓝色陶瓷花瓶，花瓶里种了一棵九里香，开着洁白的小花。这是赵茹最喜欢的一种花，它给简陋的新婚房带来了几分生机。翁在元把新婚房布置好后，他坐下来审视着自己的"杰作"，心想，和堂堂市长千金在如此简陋的条件下结婚，实在过意不去。但又能怎样呢？学校至今还有多少青年教师没有分到住房子啊？有的老师已经结婚几年，还整天在外"打游击"。他能够分到这一小间，还是去年创造了"翁在元语法教学法"受到省教育厅表彰和推广后，学校特予奖励的。读大学时，他就不止一次地提醒过赵茹，他一无社会背景，二无金钱做后盾。读师范大学，意味着毕业后注定要当教师，当教师意味着与官路无缘。况且他对仕途也不热心。每每听了这些，赵茹就堵住了他的嘴，甚至给他脸色看。后来他真的读懂了赵茹。打那时起，他就"铁了心"扎扎实实和她发展爱情。赵茹信任他，她甚至把陈昊写给她的求爱信转给他看。不过他从来不发表意见。只有很少的时候，他才会对陈昊那种谈情说爱的做派以及他的那份自信，隐约地流露出一点点怜悯来。毕业后，他分配到市第二中学任语文老师。赵茹学非所用，她分配到市委组织部工作，才转正就当上了科长。赵茹说，像翁在元这样有才能的人，如果能调到市委机关工作，一定更能发挥其所长。她曾经设法为翁在元调动工作，但他拒绝了。他坚持认为，自己当老师更合适。在这个问题上，赵茹确实也拿他没有办法。

其实，翁在元有自己的生存原则。他要实实在在地活着，独立自主，不依附他人，更不想接受他人的垂青。他对赵茹说："我爱你是爱你这个人，别无他意，别无他求。我不愿意别人亵渎了我对你纯真的爱。"

赵茹理解翁在元。打那以后，她再也不提工作调动的事。她从来不强求翁在元接受她的任何观点，从来没有过。翁在元对她也是这样。倒是赵茹每每想到自己当科长的事，心中就有种说不出的滋味。记得那天下午，陈昊找她谈话，说要提拔她当科长，她不干。她说她才转正，何德何能，工作都还没熟悉，就当科长了，谁服呢？但是任命书还是下来了。陈昊乐于利用，也善于利用背景。赵茹却总是设法远离背景。她从不想在别人的阴影下活着，她的这种思想和翁在元的思想是一样的。而陈昊，却总是设法躲藏在大的树荫底下生存。

四

赵茹把自己用得着的家当装在一个皮箱里，又挑选了一些喜欢读的书籍，以及朋友送的贺卡、相册之类的物品，装在另一个箱子里。然后走到客厅，对全家人宣布，她明天和翁在元结婚。

全家人都愣住了。这实在太突然。顿时，家里的气氛紧张起来。

赵久伟脸面通红。但是他一句话都没说出来。

章会珠从沙发上站起来。她走到赵茹跟前，轻声细语地说："生活不同小说。我们不想对翁在元说三道四，我只希望你能够冷静下来，面对现实。抽象的东西看不见也摸不着，具体的东西不能距离太大。因为距离太大了，就会招来种种猜疑，甚至是诽谤。这就是社会现实。"

"我从来不管别人怎样猜疑，甚至怎样说，也管不了。"赵茹也轻声细语，但是语气却非常坚决，"我早就说过，我需要有良好感觉的婚姻。"

章会珠白皙细嫩的脸面，飘过一朵红云。但她还是轻声细语，不过语调分明没有先前温和："你还年轻。你太理想主义。你再成长一点你就明白你真正需要的是什么。那时，你已经后悔莫及。走投无路总不是什么好事。现在就有人对你说，哪一条路是正确的，这应该说是你的福气。"接下来，她看了看赵茹的反应，继续说，"妈妈这样说，或许你会觉得太过于现实主义。但有谁敢说生活不是具体的呢？我同意你爸爸的观点，没有面包如何生存。当然，这些都是家里话。"

"面包可以通过努力获得。"赵茹反驳说，"我从来都很自信。这是你教导的。我相信我的选择是对的。我需要翁在元。在此后的生活中，我不想在谁的阴影下活着。"

"那好，"章会珠让步了，"你能否推迟一段日子。你还年轻，小翁也是。任何事情办得太匆忙了，往往总会出错。"

"已经决定了。明天，农历九月初九。"

赵久伟站起来，沙发椅在他的屁股底下转了几个圈圈。

章会珠走到赵久伟跟前，想说什么，却打住了。她知道赵久伟会怎样做。

沉默良久，赵久伟平静地说："你这样就有些过分了嘛！陈昊那边总得要做点解释工作，总得要让人家接受现实才好嘛！陈伯伯那里也总得要给他一个台阶嘛！他如此关心你，总也该给他个面子才好嘛！"

"我从来没有答应陈昊什么，也就没有必要去解释什么了。陈部长从小就关心我，我深表感谢，我也不会忘记他的恩情。但感谢并不意味着要为此做出某种牺牲。看在多年来陈伯伯对我的关怀，还有你与他的那层关系的份儿上，我逼着自己和陈昊发展感情，但事实证明，我和陈昊有缘无份。我认为，我们小辈没有什么责任因为要去为父辈维持关系而连爱情都牺牲了。"

"你放肆！"赵久伟近乎吼叫。

赵婷把赵茹拉进了卧房。

赵茹提起已经收拾好的"家当",头也不回地往门外走。

赵久伟愤怒地冲着女儿赵茹大声说:"你别再回来找我。"

赵茹转过头来,说:"好的,我不再回来找你了,市长大人。"

章会珠坐回沙发上,低着头自个儿按摩着太阳穴。

赵婷目送着妹妹离开这个家。

五

赵茹走后,赵久伟冲着老伴章会珠说:"你这妈妈是怎么当的嘛!让孩子自由成这个样子,太过分了嘛!"

章会珠没有抬头看赵久伟。她能说什么呢?她清楚地记得,赵茹小时候是个很软弱的孩子。有一年冬天,陈昊和一帮孩子来家里玩,玩着玩着,就打起架来。陈昊被打伤了,没地方出气,就拿赵茹当出气筒。他骂赵茹不站在他一边。他把赵茹最喜爱的一只绒毛狗倒上墨汁,然后放入厨房的饮用水缸里,再捞出来,强迫赵茹脱下衣服擦干以示惩罚。因为陈昊的惩罚,赵茹病倒住院十多天。这件事引起章会珠对子女教育的反思。打那以后,她就设法锻炼姐妹俩的意志力,培养她们的自信、自强、自尊和人格意识。她希望孩子们坚强些。但是赵茹变成这个样子,却并非是她的本意。当然,直到此时,连她自己也都还弄不清楚赵茹的这种个性到底是灾还是福。

赵茹和翁在元的婚礼在碧海市第二中学歌舞厅举行。

这是一个月色姣好的夜晚,天上的星星不停地闪烁着光辉。虽然已经是深秋时节,地处亚热带的碧海市,却如同仲春。赵茹和翁在元双双身着婚礼服，站立在歌舞厅门口迎候宾客。

清一色是青年人。他们都是在碧海市工作的同学、朋友和同事。婚礼由赵茹自个儿主持。原定是请市第二中学校长张玉杰主持的。但是张玉杰来到半路，听说赵久伟市长反对这桩婚事，还有几条添了油加了醋的关于赵茹抛弃陈昊嫁给翁在元的传闻，他决定不主持这个婚礼。他临时在烟纸盒上写了几个字，托人带给翁在元，推说他身体不舒服，不能主持婚礼，这使得翁在元不知所措。赵茹很镇定。她好像有思想准备似的，她决定不再请人为他们主持婚礼，由她自己来主持，这没有先例，赵茹要开这个先河。

婚礼在轻松愉快的气氛中进行。

一曲曲富有青春活力的舞曲，把婚礼一波一波地推向高潮。

翁在元和赵茹在婚礼即将结束时，踩着《婚礼圆舞曲》的节拍，表演了双人舞，获得了满堂喝彩。这支舞是他俩在大学时，参加"校园之春歌舞大赛"的获奖节目。

虽然没有摆设酒席，但参加婚礼的宾客都感到快乐和兴奋，并且强烈地感觉到这同样也是一种成功。

赵婷是在舞会结束后才来的。去年夏末秋初的一个夜晚，她曾经来过一次。她记得那天晚上，妹妹赵茹在翁在元那间小屋里玩到深夜，爸爸妈妈很生气，让她把赵茹叫回去。她和妹妹的脚才走进家门口，在客厅等候的爸爸就大发雷霆。妹妹不服，和爸爸吵了起来，后来还是妈妈把父女俩给平和下来。赵婷想，妹妹赵婷都已经结婚，一切都已经成为事实，她决定送给赵茹一套液化灶具和一套高级餐具。她认为这个时候他们最需要的，就是这些东西。

赵茹问："妈妈知道你来了？"

"知道。碧海大学要评定职称了,符合硬件条件的讲师教授都放假写述职报告。妈妈上午写好了。下午她特意找我谈了半天。她头一次对我说了如何为他人之妻的话题。"

赵茹笑笑。翁在元沉默无语。

六

省委常委、组织部部长陈发仁的轿车驰入碧海市委大院时,市委书记、市长和四套领导班子的所有成员,列队站在大门口迎接。

赵久伟市长特别邀请陈昊处长参加迎接陈部长的仪式,但陈昊推说有事不去参加。

陈部长谈笑风生。对碧海市来说,他太熟悉了。他此次回碧海市,是想看看碧海市这些年来有什么变化,想借此机会为扩大碧海市的影响助上一臂之力。他对碧海市是有特殊感情的。此外,他还想趁此促成陈昊和赵茹的婚事,陈昊毕竟已经快三十的人了。但是无论如何,他也料想不到赵茹是这种选择。

照例是先听情况汇报,下厂矿农村视察,后做指示。这一系列活动,赵久伟市长都亲自陪同。过去陈部长回碧海市,因为是老朋友、老同事、老邻居,相对说来要随便一些。这次却不同。在接待规格上,他暗中提高了一个级别。陈部长恋旧,晚上没有下榻宾馆,他回到曾经居住了二十多年的那幢旧式小阁楼和儿子陈昊一起住。这幢旧式小阁楼和赵久伟市长住的那幢是隔壁,面朝大海,背靠青山,环境很幽静。

陈昊情绪显然有些烦躁。

"赵茹选择翁在元已经是事实,没有必要再为这件事烦恼。"陈发仁部长安慰说。实际上他的心情也是不好受的。他看着赵茹长大,他喜欢这样有个性的女孩。他认定,赵茹是儿媳妇的最佳人选。还在碧海市工作时,他就向赵久伟提过亲,两家人都很支持这桩婚事。

"在一起工作总是感到有点儿那个,内心也不容易平衡。"陈昊说,"这件事影响面大,特别对我来说。现在都在猜测这个事。说真的,至今我还没弄明白赵茹为什么是这种选择。"

"有些事相信你赵叔叔会处理好的,你赵叔叔会设法把这件事的影响缩到最小限度。"陈发仁不无同情地说,"什么事都不能凭感觉,想当然,必须努力,包括爱情,这是个教训。"

"我已经努力了。真的,已经很努力了。"陈昊辩解道。

父子俩一直谈到深夜。

一墙之隔的赵久伟,他没睡着,他辗转反侧,他想过去和陈发仁部长就赵茹的事作点解释。但他了解陈发仁,他会宽宏大量地把话题引开。对已经发生了的事情,他从来不去纠缠,与其说对他说明白什么,不如说去做点什么给他看。这就是陈发仁部长的一贯风格。

七

赵茹休满婚假回部里上班后,感觉到气氛有些不对。平日与她交往甚密的同事都有意疏远她。那些过去有事没事总爱到她的办公室和她聊上半天的同事,这些天都有意避开她。

陈昊倒还是像过去一样,他对她依然有说有笑,不同的是他每天坚持等赵茹下班,一起走出市委办公大楼。如果有人看见他和赵茹在一起走路，他的笑意更甜，更洒脱。这一切表现，赵茹看在眼里。她清楚陈昊需要什么。她想，陈昊到底什么时候才能变得诚实些呢。

八

这天天空下着小雨。上班后不久，干调处副处长张良杨到干审处找赵茹，他交给她一份任命书。直到这时，赵茹才知道她已经被调离市委组织部，去海风区任宣传部第四部长，算是平调，这个职务有职无权。张良杨副处长原以为赵茹会感到突然，会因此大发雷霆，没想到，赵茹很平静，她微笑着问张良杨副处长："如果不去呢？"

"这是文件，是市委常委会的决定。"

赵茹不再吱声。她明白，陈昊不是市委常委，作为干调处处长，在讨论有关人事的安排问题时，他列席常委会会议。她的爸爸是常委会副书记，在这种时候，他会考虑陈昊，考虑关系，考虑工作。她知道，爸爸不是那种为了目的甘愿牺牲原则的人。他处理问题的逻辑总是这样。

还没有等到下班，赵茹就离开了市委办公大楼。她没有回家，也没有打电话告诉翁在元，她去了海边。雨停了，天空已经放晴。她沿着海岸边步行了五个多钟头，思绪像雨后的天空，又像眼前的大海。直到晚上八点多钟，她才回到家。

"等你吃饭呢。"翁在元关心地说。

"对不起，让你等到现在。"赵茹有些内疚地说。

吃饭的时候，翁在元看出来赵茹遇有不顺。他问："遇到不顺了？"

"是的。"赵茹肯定地回答。停了一会，她告诉翁在元："我调离组织部了。"

"到哪儿呢?"翁在元尽量显得轻松地问。

"调到海风区任宣传部第四部长。平调。"

翁在元好像知道了赵茹的心思和打算似的,小声问:"你不想去?"

"当然不去。"赵茹肯定地说,"我决定下海,已经决定了。"

"也好。"翁在元说,"我全力支持你。"

沉默片刻,翁在元问:"下一步棋如何走?"

"先找一家公司干一段时间。"赵茹停了一会儿后说,"银丰公司陈永中总经理去年就动员我去他那里。我想先去他那里干了再说。他是我们的同学,都了解,人又不势利。当然,最终是自己出来办公司,"她调皮地笑着对翁在元说,"到时候请你下海当我的副总。"

翁在元开心地笑了。

这天晚上,没有月亮,海风依然凉爽,海水依然散发着咸涩味。

道在天涯

一

这个故事发生在海南岛。

故事始于一九九二年二月九日。在这里有一个小小的声明：九日这个日子在故事里平平常常，没有一丁一点的含义。其实，要是陈求坚稍为坚决一点儿，故事就不会发生。但是他犹豫不决，他在犹豫不决中和妻子王萍去了海南岛，故事就不可避免地发生了。

二月在陈求坚居住的那座古老的城市是个寒冷的月份。九日这天深夜，窗外打着呼哨，天空飘着雪花，光秃秃的法国梧桐树枝，在窗外噼噼啪啪作响。陈求坚披着一件深蓝色卡其面料大衣，笨拙地从木床底下的煤球堆旁，搬出一个紫红色皮箱。他从门后拿来一条抹布，抹净箱面上的煤灰尘，然后打开箱子。他把他和王萍春秋季的衣服装进箱子里。王辛夫在电话里说，海南岛四季如春，用不着棉衣棉裤毛线裤。实际上王辛夫不说，他也知道海南岛的气候特点，中国地理书上写得再清楚不过了。因此一开始，他横竖就没打算带冬季衣服。不过他多一手准备，他把他这些年在全国报纸杂志发表的文章，也装进箱子里。他想，要是王辛夫为他找的工作不理想,他得靠这些稿件向招聘单位证明自己还能做事。王萍的化妆品之类的小件物品,他全都塞进她的手提袋里。陈求坚收拾好行李之后,已经是凌晨两点多钟。他简单抹了一把脸,走到床前,像以往一样,脱下外套,盖在被子上,然后钻进被窝里。

二

次日早晨,陈求坚和王萍先乘坐列车,再换乘客车,经过三天三夜的长途奔波,来到了海安港码头。这是去海南岛的最后一个站点。码头的候船大厅里,人山人海,拥挤不堪。陈求坚好不容易在一个角落处挤出一个空位,他把行李箱放下,让王萍坐在箱面上,他去买船票。

琼州2号船是一艘豪华客船。

下午三点半钟,一声长鸣过后,客船缓缓驰离海安港码头,坚定地驰向碧蓝色的大海。陈求坚和王萍未曾见过大海,客船驰离海岸不多远,他们就走出船舱,来到甲板上。海浪涌起几米高,一排接着一排涌起又退下,形成一道道峡谷,好像设法阻止船的前行。但是琼州2号船似一把锋利的犁,稳稳地,没有丝毫犹豫地犁开一道道"峡谷",向着海南岛的方向驰去。船过之处,浪花翻卷,白花花一条大道在船尾铺展开来,只可惜在不远处就消失了,且消失得没有留下一点痕迹。船在大海航行半个小时之后,放眼远眺,远处大海与天空相连接的地方,一幢幢高楼大厦模模糊糊矗立在眼前——这就是海口市。远望着海口市,陈求坚的心嘭嘭地跳动起来,几天来的长途奔波劳累,顿时烟消云散,面对即将开始的新生活,他显得信心不足。王萍站立在陈求坚身旁,眺望着海口市,她很激动,面对即将开始的新生活,她表现得很不以为然。

她斜靠在甲板护栏杆上，深深地吸了一口气：这地方本早就该来了，咋到现在才来呢？

海燕在海面上自由自在地飞翔。陈求坚想到高尔基《海燕》里描述的情景……眺望着茫茫大海，他心里在问：这大海到底有多深？他脑子里在想，要是有谁不小心从甲板上掉落下去，多半就没命了。王萍眺望着越来越近的高楼大厦，暗自赞叹：这高楼怎么建得如此雄伟，如此有风姿呀！她脑子里在想，船下这海水有多碧蓝啊！要是会游泳就好了，在这碧蓝的大海中游上一天半日，那该有多快乐呢！琼州2号船以每小时八十海里的速度驰向海南岛。陈求坚感慨万端，这社会实在是发展了，当年解放海南岛时，用的多半还是手摇木船，要是那时也有如此快速的船只就好了。王萍的目光一直眺望着远处的高楼大厦，她深深地吸了一口气，心想，社会实在是发展了，但这是一种必然。她从来不关心社会，她关心的是现在。她认为，现在才是重要的。她现在最关心的是上岛后的生存方案。虽然岛上王辛夫是陈求坚的大学同学，他说，只要他们上岛，他保证他们能找到工作，但是意想不到的事情肯定会有的。这或许是陈求坚犹豫不决的原因，但是王萍很想去海南岛。尤其是王辛夫，他从海南岛回古城创办药业综合开发区之后，王萍闯海的决心更加坚定了。陈求坚在古城当晚报记者，已经颇有几分知名度。说实在话，王萍嫁给他，就是因为陈求坚在古城，乃至省城都有知名度。王萍是那类长得很漂亮，很动人的新派女性，修长的身段，丰满的胸脯，白皙的鹅蛋脸上嵌着一双含情脉脉的丹凤眼，如胆的鼻子下是一张红樱桃似的嘴唇，那张红樱桃似的嘴唇什么时候都微微张开，露出一副雪白的牙齿，似笑非笑，非常性感。陈求坚当然也是那类长得很帅气的男人，他高高大大的个儿，却长着一张书卷气十足的脸,给人一种缺乏阳刚之气的感觉。王萍刚从舞蹈艺术学校毕业分配回古城歌舞团时,追随在她身后的男孩子很多,那时候陈求坚并不去凑热闹。直到有一年春天,古城歌舞团排演歌剧《茶花女》,出人意料地引起了轰动,扮演薇奥丽塔角色的王萍一夜之间成为古城明星。陈求坚去采访王萍。那时候的王萍非常渴望成名。她认为,每一个明星背后都有一大群名记者。从某种意义上说,明星是记者捧成名的,要冲出古城,走向中国,甚至走向世界,得拉到一群名记者吹捧。然而在这座古老的城市,有名气的记者,就一个陈求坚。因此,陈求坚就成为王萍的捕捉目标。后来,他们竟然谈起了恋爱。后来,他们结婚了。婚后他们有个君子协定,十年之内不要孩子。再后来,陈求坚发现王萍是个金钱奴,为了金钱,她什么都可以付出,她要是真的成为大明星了,多半是凶多吉少。因此,陈求坚写她的专访文章时,渐渐地,他开始往小处写,从大块头的评论文章,向豆腐块文章过渡,后来连豆腐块文章都不见了。陈求坚很满足于古城安逸的生活。但是王辛夫走进了他们的生活后,一切都发生了变化。王辛夫在元旦过后就回海南了,王萍每天催他与王辛夫联系,她说,王辛夫叫我们去,那你就不用担心,你们是同学,他一定会给我们找工作的。就这样,陈求坚在犹豫不决中闯海了。此时此刻,站立在驰往海南的琼州2号船上,陈求坚的心好像越来越沉重,而王萍却像一只飞离巢窝的小鸟,那张白皙的鹅蛋脸,在海南二月的阳光下,显得更加光彩照人。

三

呜——

琼州2号船一声长鸣过后，减慢了速度，缓缓驰入海口新港码头。原来模模糊糊的高楼大厦，此时清晰地映入眼帘。

王萍激动地对陈求坚说："求坚你看，这是多美丽的城市啊！"

陈求坚不加评论。他对王萍说："赶快回船舱提行李。"说着，拉起王萍的手从甲板上回到船舱。

所有的旅客都提起行李，从船舱挤向甲板。

王萍提着她的手提袋挤在人群中。

陈求坚提着皮箱站在王萍的身后，他极力护着王萍，好像不护着，王萍就被人挤碎了似的。旅客们缓缓地前移。陈求坚发现，好几个男人的目光死盯在王萍身上。有的还故意从王萍跟前挤来挤去，趁机用手臂去触碰王萍那高耸的乳峰。陈求坚真想破口大骂，但是想了想实在没有充分的理由。而王萍呢，她好像为有如此众多男人注意她而沾沾自喜，她的头甚至抬得更高了。

陈求坚和王萍随着人流挤向船梯口，挤向出口处，来到了新港码头候船广场。

广场很宽，左右两侧种着椰子树，树荫下黑压压站满了接人的人和刚刚下船等人来接的人。陈求坚夫妇没有走进树荫，他们生怕王辛夫找不到。他们站立在广场中央，偏西的太阳照在身上，明显有几分灼痛感。陈求坚和王萍大约站了十多分钟，还不见王辛夫，他的心情有了几分焦急。他想，王辛夫说好到码头接的呀，怎么不见人影呢？难道……

这时王萍高兴得几乎跳了起来，她指着停车场的方向，说："王辛夫在那呢！"

陈求坚顺着王萍手指的方向看去，一辆奔驰轿车的车顶上放着一块硬纸牌，上面写着：欢迎陈求坚夫妇！

陈求坚和王萍走向轿车，车没有熄火。

陈求坚从车窗往里看，王辛夫睡在车里。

陈求坚敲敲蓝色车窗，王辛夫这才醒来。他赶紧下车，满面笑容，说："哦，对不起，昨天谈一笔生意，很晚，好累，睡着了。"

陈求坚说："没事儿，见着你，心里就踏实了。"

王辛夫说："什么话？！既然叫你们来海南，就负责到底了。你看，我司机不要，亲自开车。"

陈求坚赶紧说："好啦，开个玩笑的，走吧。"

王辛夫好像才看见王萍似的，说："哎哟，我说干妹妹，才几天不见，怎么越长越漂亮啦。"

王萍笑而不语。

王辛夫转向陈求坚，继续开玩笑："求坚啊，来海南了，可千万要管紧点儿，干妹长得这样漂亮，可别让谁个大款给拐了哟！"

王萍那张还没有经过亚热带海风改造的脸，泛上了白烧海虾一样的红。

陈求坚笑着说："这说明我的老婆有魅力。"

王萍心里高兴，嘴巴却说："我才不是那样的女人。"

王辛夫笑笑，说："走吧，先去把肚子填了。"

车内空调凉爽。这和车窗外炎热的天气形成了很大反差。车后座的小冰柜里装有椰子汁、芒果汁和菠萝汁等饮料。喝着这些海南特产，陈求坚有一种已经走入海南生活的全新感觉。王萍说："椰子汁真好喝。"

她问王辛夫："电视广告说原汁原味，这真的是原汁原味？"

王辛夫说："稍稍有些不同。加工后的椰子汁稍为甜一点点。"他停一下，笑着说，"好喝就喝个够。不过得留下肚子吃晚餐。"他看了看坐在副驾驶位的王萍，说："今晚在华侨宾馆为二位接风洗尘。"

陈求坚为王辛夫的热情而感动。心里头想：开头还算不错。来海南，或许不一定是一种错。

车沿着滨海大道缓慢行驶。

陈求坚看着王辛夫娴熟的驾驶技术，深深地感到王辛夫实实在在变化了。王辛夫读大学时各方面的表现都平平。读大二时还挨过陈求坚一巴掌。那是一个没有月亮的夜晚，陈求坚去校门口小卖部买快食面。他路过女生宿舍时，看见有人弯着腰趴在女生宿舍的窗口上。窗的玻璃是报纸糊遮着的，时间一长，报纸裂开，屋内开灯时，站在窗外，透过报纸裂缝，可以看见屋内女生在干什么。当时正是准备睡觉的时候，陈求坚马上明白这是怎么回事。他一个箭步上去，抓住那人，没容那个人分说，一巴掌就打了过去。那个人一声不吭。陈求坚不想张扬。他把那个人拉到了路灯下，原来是王辛夫。王辛夫跪在地上求陈求坚念在老乡份上，千万不要把这件事张扬出去，更不能把这件事报给学校。陈求坚当时气得要命，说："你咋无聊到这个田地？一个大学生。"陈求坚本想再加上一巴掌，但手举起来后，却没有落下。后来陈求坚真的没有把王辛夫的事说出去，也没有报告给学校，一直为王辛夫保密，直到大学毕业，直到现在。王辛夫很感激陈求坚。后来，他们成了朋友。大学毕业后，他们都分配回古城。没过多久，王辛夫就去海南岛了，他现在是海南辛夫药业有限公司总裁，拥有上亿元资产，还回古城开办药业项目。

陈求坚想：人的命运实在是很难预料的。过去你风光，保不准你现在依然风光。现在你风光，保不准日后你依然风光。现在来海南了，日后的命运就难料了。陈求坚的目光透过蓝色玻璃车窗，看着这座年轻而富有生气的滨海城市，心情很复杂。王萍的目光透过蓝色玻璃车窗，看着这年轻而美丽的滨海城市，那种相见恨晚的神情溢于言表。她不停地问王辛夫这个那个，王辛夫总是不厌其烦地告诉她。不知不觉间，车停在了一条小巷口。王辛夫说："你们就住在这里。这里叫月朗新村。"

四

月朗新村是海口市居民区，多半是私人房屋。王辛夫在陈求坚来海南之前两天，在这里为他们租下了一套两房一厅民房，在第三层。主人住一层楼，二三层外租。楼下有一个小庭院，种了许多花草树木。看得出来房东还很有品位。二三层楼的设备齐全，月租金一千二百元，水电费自理。王辛夫说，这是海口市租金较低的住房。陈求坚当即叫苦，怎么能付得起。王辛夫说，公司出一半，你出一半。他还说，他安排陈求坚先去海南辛夫药业有限公司下属的海南辛夫制药二厂任副厂长，他许诺，以后有工薪高的单位再调换，他把王萍安排在总公司当秘书，同不同意这得由陈求坚自己定。陈求坚说，他当厂长是个门外汉，况且刚来海南，什么都不了解，还是把他安排在总公司里找个自己能干，而且能干好的工作，至于王萍，现在也只能先干了再说，房租这样贵，没有工作是付不起的。王辛夫说，厂里有懂业务的厂长，先干起来再说。

  王辛夫交给陈求坚一个信封，说："这是住房合同，我看了不存在法律问题。有空时看一看，关心一下合同中的有关约定。哦，你们先洗澡，等会儿我来接你们出去吃饭。"

王辛夫走后,王萍关上门窗,拉上窗帘,和陈求坚一起进了洗澡间。

五

王辛夫时间算得很准。陈求坚和王萍刚洗完澡走出浴室,电话铃便嘟嘟叫了起来。王辛夫说,他的车停在巷口,现在坐在房东家,要是洗好澡就下楼出去吃饭。

王萍紧紧张张从手提袋里取出化妆品,在脸上略施了淡妆,从皮箱里挑了一件自认为不错的黑色连衣裙穿上,与陈求坚走下一楼房东家。

王辛夫把陈求坚和王萍介绍给房东后说:"以后你们多联系。"他开玩笑说:"阿蓉、阿三,这两位新房客怎么样?不错吧?瞧他们长得多帅气、多美丽呀!"

房东的家人都很开心地笑了起来。

陈求坚看得出来,房东一家和王辛夫很熟。

房东一家四口人。男主人就是王辛夫叫的阿三。高个子,约四十出头,脸面长得有点黑,额骨突出,眼睛很明亮,稍有点里凹,一眼就看得出来是那类很机灵的人。女主人就是王辛夫叫的阿蓉,中等个儿,三十一二岁的样子,烫卷发,脸蛋椭圆,略施淡粉,眉毛画得弯细,眼影描成浅黑,这使得本来就大的眼睛显得更大了,她把嘴唇画成了紫红色,很性感。她身上穿一套淡黄色套裙,看得出来品质很高。

阿蓉很客气地说:"刚下班,还没煮饭,以后有事再说。"这话实际上下了逐客令。但那语调很温柔,很热情。房东家还有一个男孩儿,十五六岁。一个女孩儿,十二三岁。

王辛夫见女主人如此说,就笑着说:"那我们走啦。阿蓉、阿三,以后得多关照我的朋友啊!"

阿三说:"王总放心,你的朋友就是我们家的朋友。"他转头向陈求坚,"有需要了尽管说,别客气。"

陈求坚说:"多谢多谢!"

从房东家出来后,陈求坚心里想,海南人真那个,新房客来了无论有多忙也得请坐一坐嘛! 怎么可以这样? 表面热情,内心却不愿多说一句话。王萍心想,海南人真圆滑,明明叫你走,但那话语却让你觉着十分热情,还使你不得不走。

王辛夫开的还是下午那辆奔驰轿车。车驰出月朗新村巷口,走上龙华大道后,王辛夫说:"他们对你热情,你别误以为他们对你有多好,他们什么都讲实惠。市场经济嘛,说到底就是一个价格的问题。价格倾向你这边,利益就出来了……"

陈求坚和王萍静静地听着王辛夫说话。陈求坚觉得王辛夫的观点挺新的。读大学时,王辛夫就已经知道从他们那座古城买几条本地产香烟带到学校门口交给小卖部那个黑发姑娘帮他卖,利益分成。不过那时候没有人相信王辛夫日后能有什么作为,现在派头出来了。环境是重要的。人实在要有胆量才行。陈求坚缺乏的恐怕就是胆量。王辛夫当初来海南时,要是他有胆量一起来的话,情况或许不会是这样了。王萍在想,王辛夫真是个人才,连这些人怎么个样儿,他都给摸透透的。如此这般,他还能输吗?

说话间,车停在了华侨宾馆大堂前。华侨宾馆在海口市宾馆群体中,属于中上档次。

王辛夫说:"你俩先在大厅坐坐,我把车开到前面停车场放了过来。"

站立在大厅门前的司仪小姐赶紧上前,为陈求坚和王萍打开车门,接着把他们带到富丽堂皇的大厅坐下,一位穿着旗袍的服务小姐走到他们跟前,礼貌地问:"先生小姐要些什么饮料?"

陈求坚忙说:"我们只坐坐,等会儿就吃饭。"

服务小姐笑道:"免费的,要是想喝的话就招呼。"说罢,向柜台那边走去。

陈求坚脸红了个大烧盘。他特怕人家"宰"了他,因此就不敢要什么。其实他口很渴。

不大一会儿,王辛夫便进来了。王辛夫坐下来后服务小姐就走了过来。服务小姐认识王辛夫。王辛夫与小姐打了招呼后说:"两杯咖啡,多加点伴侣。我的那杯依旧。"

服务小姐走后,王辛夫说:"我把伊松和儿子叫来。"他问王萍:"你不认识伊松吧?"

王萍说:"不认识。"

王辛夫说:"她也是我们古城人,求坚认识,她来海南时你还没从舞校毕业。"

"那就赶快回去把她接来,好认识认识。"

"她会开车。她有自己的车。"

王萍的脸上露出羡慕的表情。这一切,王辛夫都记在了心上。

王辛夫和陈求坚谈了许多读书时的轶事。

为了让王萍也有话说,王辛夫总是不时地回忆一些他回古城创办开发区时和王萍吃饭跳舞的情景。不过,王萍特别希望王辛夫多谈些海南的事。她太迫切想了解海南了。

"爸爸!"一个小男孩刚走进大堂门口,就挣脱开一位打扮入时的少妇的手跑向王辛夫。

王辛夫把小男孩抱在怀里，问："冰冰好么？"

小男孩撒娇说："冰冰不好。因为冰冰有好多天没有见到爸爸了。"

王辛夫、陈求坚、王萍，还有刚走进来的伊松都笑了起来。

王辛夫说："爸爸没有空咯。爸爸有空了就回家跟冰冰玩咯？"

冰冰还在撒娇。

王辛夫把伊松介绍给王萍。

伊松人长得不算漂亮，但气质高雅显贵。她身上穿一件连衣裙，紫红色，把她高雅的气质淋漓尽致地展现出来。

王萍一眼就能看出这是一件质地上好的裙子。伊松大大方方伸出右手与王萍握了握，很惊讶的样子："哎哟，真不敢相信，这世界上还有这等漂亮的女子。"

王萍的脸面红了。不过她很快就恢复了正常心态，说："早就想认识王太太了，就是没有机会。"

"现在也不迟呢！"伊松说。她转向陈求坚："求坚倒越活越年轻了。有什么秘方呢，都教教我和辛夫。"大家都笑了。

王辛夫说："好啦，上楼吃饭。"

王辛夫定了仙客圆包厢。这个小包厢装修豪华，设备齐全。王辛夫特别点了一桌海南特色菜：烤乳猪、烤乳鸽、红米酒煮龙虾、宋河大曲煮和乐蟹、轻焖沙鱼鲍、轻焖乌龟四脚蛇、油炸眼镜蛇、白切文昌鸡……

这几道菜别说王萍，连陈求坚这个名记者也未曾吃过。

一边吃饭一边唱卡拉OK。一餐饭就用去了王萍在古城歌舞团一年半的工资，七百六十元。

六

从仙客圆包厢出来已经是八点十分,海口的夜生活还没有开始。

王辛夫说,海口的夜生活得九点三十分以后。但是宾馆二楼大帝歌舞厅的门口已经站满了打扮得花枝招展的陪舞女郎。她们排着长队,等候男士挑选陪舞。

王辛夫问陈求坚:"要不要听听歌跳跳舞?"

陈求坚对王辛夫的热情不知如何说好。他和王萍几天路途奔波,实在累得不行。

伊松为他解围,说:"都累了好几天了,还是回去休息吧。"

王辛夫只好说:"那就以后,以后有的是机会。"

王辛夫把陈求坚和王萍送回月朗新村。

上楼后,陈求坚的脑海里不断地浮现华侨宾馆大帝歌舞厅门前的情景。他像是自言自语,又像是对王萍说:"海口这地方实在太自由了。"

王萍说:"还是自由点好。自由就是社会进步的标志。"

陈求坚说:"你说的有些偏激……"

没等陈求坚说完,王萍就没好气地接过话茬:"别老土了,我的陈求坚先生,看人家王辛夫多洒脱……还是睡一个好觉,做一个好梦,求王辛夫给找一份好工作才是实在的。"

陈求坚问王萍:"要不要再洗一下澡?"

王萍说:"哪能不洗?这天气有多热。看我的衣服都湿透了,能躺得下吗?"

洗完澡,王萍叫陈求坚简单收拾一下床铺,就上床了。

王萍靠向陈求坚:"来不来?"

陈求坚抱着王萍。

王萍摸了摸陈求坚下身，说："哟，还挺管用呢，都累了好几天了。"

陈求坚说："这方面咱特自信，绝对对得起老婆。"他问王萍，"像个男子汉吗？"

王萍嗯了一声，就把嘴唇送到了陈求坚的嘴唇上。

七

陈求坚去海南辛夫制药二厂报到时，已经是上午十时了。

厂长姓朱，很热情，是北方人常见的那种热情。听他的口音，就知道他是海南人。他很客气地对陈求坚说："欢迎你来。还望日后多多指教，多多合作。"

陈求坚笑而不语。其实他不知道该说什么话是好。他是王辛夫聘任的副厂长，是王辛夫在这个工厂的代表吗？那么朱厂长又是什么背景呢？王辛夫没有对他说，他也不便问，只好先给自己定了调子，在没有摸清工厂的情况之前，什么也不说，就当是来打工换饭吃，实际上他就是打工换饭吃，无非就是沾了王辛夫的光，一进工厂就挂上了个副厂长的头衔罢了。

朱厂长带着陈求坚到各部室、车间去转了一大圈，主要是把陈求坚介绍给部长、主任。那些部长的态度与朱厂长的态度反差很大。其中的几个部长好像很吝啬自己的笑容，才刚刚把嘴巴裂开，马上就收回去了。车间主任的面孔也冷冰冰。朱厂长把陈求坚介绍给他们的时候，个别主任甚至头都没抬起来，有的稍微表示友好一些，但也只"嗯"了一声就低头干活了。

陈求坚走了一大圈之后,他脑子里提出一个问题:为什么部长多半姓朱?

中午饭在厂里吃快餐,全厂定送,每人一个泡沫饭盒,里面装着大约半斤米饭,一个鸡蛋,几勺咸菜,几根豆角,每盒八元,当即付款,如果加菜得要预订。

朱厂长要了两份快餐,他与陈求坚各一份,另外多加一份鸡肉,一份辣椒。

朱厂长说:"没办法,就这些,晚饭我请客。"

"挺不错了。"陈求坚很客气地说,"初来乍到,有很多事情要做,请客的事就免了吧。"

陈求坚在没有摸清厂里的情况之前,他不想随意就吃别人的请。

"那好,以后有的是机会。"朱厂长已经不像上午那样热情了。

八

陈求坚回到月朗新村时,没见王萍。他打电话给王辛夫,问王萍下班了没有。王辛夫笑着说:"王萍在我车上,正往家里走。是不是叫她买菜呢?"

陈求坚说:"是的,叫她买菜回来。"

王辛夫在电话那头笑哈哈问:"让王萍接电话吗?"

陈求坚说:"不用了。告诉她,我没带钱。"

王辛夫说:"我猜就是这个事。很快就到。"

陈求坚从心底里佩服王辛夫。他的心有多细呀,读大学时,他算是一个粗心人。

九

王辛夫把车停在月朗新村巷口，对王萍说："我就不上去了。"

王萍下了车，客气地说："要不就上去喝杯茶再走？"

"不用了。就对求坚说，我走了，有事联系。"王辛夫说话的时候眼睛倾注了感情，把王萍看得脸都红了。车启动后，他又对王萍说："晚上如果想唱歌跳舞什么的，就打我的手机。"

王萍"嗯"了一声，举手与王辛夫说再见，然后上楼。

陈求坚已煮好饭。

王萍说："把菜炒了。

陈求坚切菜，炒菜，不大一会儿，就炒熟三个菜。在古城时，煮饭炒菜这档子事多半是陈求坚干的，来海南了，看来也不会有变化。

吃饭的时候，陈求坚对王萍说了自己在厂里的见闻。

陈求坚说："吃饭得当即掏钱，加菜得提前预订。那米饭看上去米还一粒一粒的，好像没煮熟，但实际上已经熟透了。"

王萍说："我那也吃快餐。全公司的员工到了吃饭时间，就到办公大楼门口买快餐。没有一个人讲客气的。"她停了停，似问陈求坚，"海南这地方的人是不是不会讲客气的？"

陈求坚说："对王辛夫也没有人讲客气？"

王萍说："有秘书小姐帮他买饭。吃饭是在各自办公室里，互不干预。其实这样也不错，免去了许多麻烦。"

陈求坚说："很多地方都不习惯，但都需要习惯。中午不睡上一会儿就特别不习惯。"

王萍说："实在不习惯。但习惯了就不会有什么了。"

陈求坚问:"王辛夫安排你干什么?"

王萍说:"还没有明确。部主任说,先在秘书部干了再说。先跟班,熟悉工作后,要是干得好可以当王总秘书。据说,当王辛夫秘书工资很高。"

陈求坚说:"员工咋看的?有什么议论?"

王萍说:"能管得了那么多。有人对我说,没有几个能像我这样好运,刚进公司就到人秘部。那口气自然是在探试我和王总的关系。"

陈求坚心里有点那个,但很快就打消了。他骂自己,太多心了,怎么能往那方面去想呢?

王萍说:"王辛夫说,如果要唱歌跳舞就 Call 他。"

"过些日子吧。"陈求坚说,"有很多事要整理一下,况且不应该老让王辛夫破费。"

王萍说:"我们不去他照样请别人去。白天苦干,夜间穷乐是这里的生活方式。"

陈求坚说:"那就过些天再说吧。"

王萍不再说什么。

十

王辛夫有很长时间没有和伊松一起洗澡了。这天吃过晚饭,他心情不错,就拉着伊松和他一起洗澡,可刚坐入浴缸,客厅沙发上的 BP 机就叫了起来。

儿子王冰冰在客厅看卡通片,他叫道:"爸爸,有人 Call。"

王辛夫说:"报号码。"

王冰冰报出电话号码。王辛夫知道是陈求坚 Call 他。他走出浴缸,给陈求坚拨回电话。

陈求坚问:"晚上有什么活动?"

王辛夫说:"如果没事的话,就把王萍带出来听听歌跳跳舞。"其实下午在办公室,他已经和王萍约定好今晚跳舞。

陈求坚客气地说:"让你破费了。"

王辛夫说:"小事的。等会儿我开车过来接你们。"

陈求坚说:"不用了,上岛好些时候了,想到你府上看看。方便吗?"

"没事的,就这样定了。"王辛夫问,"什么时候过来?"

陈求坚说:"现在就走。"

王辛夫说:"那好,再见。"

王辛夫关了手机,回坐浴缸。他抱了抱伊松,说:"陈求坚马上过来,等会儿去跳舞,你去吗?"

"我不去。"伊松没好气地说,"你哪天不是这样,即便陈求坚夫妇不和你去跳舞,你也要和别的什么张小姐李小姐去跳舞,天天如此,我习惯了。"

王辛夫心里自然高兴。他出去跳舞,最不想的就是伊松跟着去。他说:"那就随你的便咯。"

伊松不以为然,说:"千万别给王萍这靓妞迷去了。记住,陈求坚是你的老同学老朋友。"

王辛夫认真地说:"我认王萍做干妹妹,我不是早就跟你说了么?"

"这世界多怪的事都有?何况一个靓妞。"伊松说着从浴缸站起来,提高嗓门,"王萍不同于一般靓妞。"

王辛夫笑而不语。

伊松拉开澡台抽屉，取出一条消毒好的浴巾抹干身上水珠，对王辛夫说："快起来啦，等会儿人到家了我不跟你应付的。"

王辛夫依然躺在浴缸里，任凭洗澡器轻揉他的全身。他想，伊松对自己已经没有了那种感觉。在经济拮据时，夫妻俩感情融洽，创业那会儿，两个人像一个人一样。可是现在，物质上满足了，反而说不到一起了。王辛夫知道，这个责任多半在他这边，但已经是什么年代了，还能吊在一棵树上死吗？他需要有一个家，就像一艘船需要一个港湾。但是崇高的爱情应该不断地更新。他还认为，一个人来到这个世界就这么一趟，有条件的就玩个够。这些年来，他扎扎实实地玩了，他还想抓紧时间玩几年。过了这几年，社会会怎样，没有人能说得准……

"嘟——"门铃响了。王辛夫知道陈求坚夫妇来了。他这才从浴缸爬起来，抹干身子穿好衣服来到客厅。

伊松按下门铃开关，大门打开，她通过对讲机叫陈求坚夫妇上二楼。

王辛夫从可视门铃里看见陈求坚手里提着一个菠萝蜜，王萍跟随其后。王辛夫特别留心王萍的穿戴，她还是穿那套黑色连衣裙。

伊松站在门口迎接陈求坚夫妇。在柔和绿色的灯光下，陈求坚显得有几分土相。而王萍像一朵花，是君子兰，高贵而美丽，让人百看不厌。

陈求坚说："这栋别墅建得实在太漂亮了。如此现代化的私人别墅，说真的，我还是头一回见呢。"

王萍的脸上写满了羡慕与渴望。

伊松笑道："好好干，总有一天你也会有的。"

"不可能。"王萍说，"真的，我还真不敢有此妄想呢！"实际上，她自信能有这一天。

伊松说:"要有信心。刚上岛时,我们比你们现在不知穷多少倍。一个馒头,分两顿吃。"

"伊松说得对,要有信心?"王辛夫边穿袜子边说。

王萍说:"看咱现在两手空空。"

陈求坚陷入了沉思。他头一次感到当一个男人责任有多么重大。

坐了一会儿后,王辛夫说:"我们去跳舞吧。"

走前,王萍硬拉着伊松一起去。伊松找借口说,儿子冰冰一个人在家不放心。王萍这才有一点儿失望的样子走了。

十一

中国城在海口市算是高档次娱乐城。歌舞厅的空间很大,自动旋转舞台前是一个小舞池。舞池呈半圆形。沿着半圆形舞池,摆放着六行软皮沙发,有二人坐,三人坐,四人坐。沙发前的巴几上,点着红蜡烛,很有情调。墙壁四周三米高处外凸,这是包厢。包厢里有卡拉OK。你可以在包厢里唱歌,也可以坐在包厢外的看台上看歌舞,还可以下舞池跳舞,整个歌舞厅金碧辉煌。王辛夫定了一个包厢,每个包厢三千元。坐好后,王辛夫说舞伴不够,他打电话把秘书章丽叫来。王萍认识章丽。他们在一个部里工作。章丽活泼可爱,又不失老练稳重,美丽而不显轻浮,待人接物大方得体,给人一种能干有涵养的印象。她当王辛夫的秘书已经两年了,据说,她是担任王辛夫秘书时间最长的一个。王萍看得出来,王辛夫很器重章丽。在公司里,章丽说话比副总还顶用。章丽除了对王萍很客气外,对其他员工都有点居高临下。此时章丽就坐在王辛夫身旁，淡黄的烛光照耀着整个包厢，人的情感世界变得十分脆弱。在看台上看了几段歌舞之后，到了三十分钟的慢舞时间。王辛夫请章丽跳舞，是德国德里布的《葛蓓莉亚圆舞曲》。王辛夫左手轻托着章丽的右手，右手环抱着章丽的腰间，随着悠扬的旋律翩翩起舞。他们很投入，王萍看得走了神。

陈求坚老是没能踩对节拍。他的思绪一直在这座金碧辉煌的歌舞厅里穿梭。

三十分钟慢舞过后，是二十分钟的情调舞曲。舞厅里除了淡黄的烛光无力地抵抗着黑暗外，所有灯光都熄灭了。凯丽金那首萨克斯管名曲《茉莉花》，在昏暗的舞厅里回旋，情意绵绵，让人心醉。章丽先主动邀请陈求坚跳舞，王辛夫自然就请王萍。王辛夫在古城曾与王萍跳过舞。那时，他对王萍就留下了非常深刻的印象，有时，他甚至无缘无故地想起王萍。

随着萨克斯管悠扬醉人的旋律，王辛夫和王萍进入了一个如梦如醉的情感世界。在舞曲终了时，王辛夫轻轻地，但分明是有意识地在王萍的背后捏了捏，他是想试探一下王萍的反应。没有料到，王萍甜甜地笑了笑。那笑，就像春天夜里海风的温柔，使王辛夫心旷神怡，如梦如痴。

十二

转眼到了国庆节。陈求坚原本计划在国庆节期间和王萍去三亚、通什等地环岛旅游一趟。但王辛夫说，国庆节这天有一笔生意要谈，章丽早几天已经去杭州旅游,王萍得要参加这次谈判。他拍拍陈求坚肩膀说:"有的是机会。下次,我专门为你们安排一个日程,经费在公司里开销。"

王萍原本也想出去玩一玩,她来海南已经有七个多月了,还没去过天涯海角。但听王辛夫这么说,也没有更好的办法,就转过来劝陈求坚:"就下次吧,有的是机会。"

陈求坚只好取消了出游计划。

国庆节放假两天,厂里因原料不足,放假十天。这样一来,厂里的员工多半趁此机会出去旅游。岛内来的员工,有的去了桂林北海,有的去了杭州上海,飞机票工厂报销一半;其他地方的员工,就参加海南中旅社的环岛五日游。几个刚从四川来的打工妹,因经济困难,就在厂里打扑克牌。陈求坚和王萍早上去金海岸大酒店与王辛夫一起吃早餐,之后,王辛夫就把王萍带去谈生意了。陈求坚在家没趣,又不想去朋友家麻烦人家,就去工厂宿舍区。有几个打工妹见陈求坚来了,就硬拉着他坐下来打扑克。平时这些妹仔不大敢这样。特别是在制药作业时,只要陈求坚来了,都非常认真。可是现在,却是另一番情景。

陈求坚说:"打就打,但是要输得起哟。"

妹仔们也不示弱:"陈厂长才要输得起呢!"说着,嘻嘻哈哈笑了起来。

陈求坚真的输得起吗?这一天,陈求坚狠心不给王萍打电话,他和几个打工妹玩扑克牌至深夜十二时才回月朗新村。没料到,王萍还没有回来。他给王辛夫打了电话,王辛夫说:"生意刚谈好,现在就把王萍送回家。"

十三

其实,王辛夫并没有什么生意要谈。在金海岸大酒店吃完早餐后,已经是九点多钟。在海南,九点多钟太阳光已经很强烈。他把王萍带到假日海滩,风太大,加上海水浑浊,就转车去盈滨半岛浴场。那时已经是十点多钟,浴场上人山人海,非常热闹。穿着各式各样泳装的男男女女,有的在大海中畅游;有的在浅水处戏浪;有的躺在海滩上晒太阳。王辛夫在一家小卖店为王萍买了一套粉红色三点式泳装,他原以为王萍不敢穿,没有料到,王萍十分喜欢。

王萍在海滨浴场卫生间换上泳装。她从卫生间走到王辛夫跟前时,简直把王辛夫给看傻眼了。他真不敢相信世界上还有这等美丽的女性,这简直就是刻意雕塑而成的女神,在海南的阳光下,她那白皙的肌肤透出细小浅蓝血丝来,两座高耸的乳峰傲慢地挺立着,肚脐很深,小腹饱满,两条大腿修长,十分性感。

王萍看见王辛夫的失态,她问:"泳装合身吗?"

王辛夫这才"醒"过来,他连连说:"合身,合身,实在太美了。"

王萍心里很高兴。

王萍未曾在大海中游过泳。在古城,她常在泳池里游。但是泳池里无风无浪,而这辽阔的大海,有风也有浪,她不怕风浪,她想学会在大海中与风浪搏击的本领。她叫王辛夫陪她游。王辛夫很乐意。实际上,这是他的计划。王萍早上就已经读懂了王辛夫计划中的全部内容。她希望王辛夫实现他的计划,她想在这个计划中得到她所要得到的东西。

王辛夫陪王萍在大海中游至十二点多才上岸。他们先在海滩上晒了一会儿太阳,然后到浴场海鲜店吃海鲜。

王辛夫点了三斤螃蟹，二斤海螺，一斤龙虾和一打贝克啤酒。据说，要是谁得了王辛夫的宠爱，就可以常常出来游泳吃海鲜。章丽是王辛夫最宠爱的秘书之一。章丽过二十岁生日那天，王辛夫赠给她一幢小别墅。王萍希望能得到王辛夫的宠爱。王萍明白她的资本，就是她长得美。女人长得美就是再大不过的资本。

　　吃了海鲜之后，王辛夫和王萍下海继续游泳。

　　王萍已经基本学会在大海中游泳的技巧。她游向大海深处，不断地搏击，在海浪向她冲击时，她整个人沉入海里，待海浪过后才抬起头继续向前游。

　　王辛夫和王萍在大海中游至六点钟才上岸。

　　夕阳给大海披上了一层金黄色轻纱，海浪在轻纱中缓缓地蠕动，几条渔船在大海远处荡悠悠地归来。王萍看着这美景，想起陈求坚前些天在一家名画装裱店买的一幅画。那幅画题目叫《夕阳》，是意大利一个著名画家画的。当然不是原画，是高科技的复制品。王萍正想着那个画家是不是就是在这里画的那幅画时，王辛夫在她的肩膀上拍了拍，笑笑说："该回去了。"

　　王辛夫没有把王萍送回月朗新村，而是把她带到泰华宾馆。

　　王辛夫说是吃晚饭，但到了泰华宾馆后，他却去开了房。

　　进了房间后，王辛夫解释说："今天实在太累，我想先开房躺一躺，然后吃饭。"

　　王萍笑笑。

　　王辛夫心领神会。他走到她跟前，拥抱她，亲吻她。

　　王萍没有反抗。

　　这是一个梦的世界。王辛夫和王萍在如痴如梦的世界里，忘却了一切。要不是陈求坚打电话,他还想多待一会儿。但是王辛夫明白,机会从今天起,已经全部掌握在他的手中,一切都已经不可逆转。

十四

伊松没有和王辛夫去金海岸大酒店吃早餐。她一直躺在床上至中午十一点多钟,她两眼睁着看在天花板上,觉得生活实在很无聊。儿子王冰冰国庆节本应该回家,但学校通知说,有领导来看望,就不能回来了。王冰冰去的是贵族学校,一次性交付二十五万元,学校从幼儿园到高中一条龙全包。伊松去参观过那所学校,硬件不错,王冰冰在学校是可以放心的。但是她却终日无事可做,很有几分空虚,加上王辛夫一个月难得有几天在家,她很是寂寞。有时候无聊了就拿起电话乱拨,如果有幸遇上健谈的,就聊个半天,好消磨时光。海南经济电台有个栏目叫"静夜悄悄话",她不知有多少次与主持人钟山先生倾心交谈过,但那是在深夜。白天就难熬了。她很想去别的公司找份工作,好散散心,可王辛夫不同意。当然,并不是王辛夫不同意她就不去,她有自己的权力。她是想找一份既清闲,能消磨时光,又不受别人指手画脚的工作,但是这样的工作去哪儿找呢?

真的很无聊。她突然记起前些天胡乱拨打电话时遇到过一位很健谈的刘先生。她马上查找到那个电话号码,拨打过去。

"请问那位?"很熟的声音。

"我找你呢。"伊松说,"还能记起我么?"

"呵呵,能记起啊,伊小姐。"陈华很热情地说,"十一快乐!"

伊松说:"十一快乐!"

陈华问:"咋不出去玩?"

"没有伴!"伊松说。

陈华乐呵呵地说:"我陪你好咯。"

伊松说:"好呀,现在怎样?"

陈华有点儿不敢相信自己的耳朵,他停了一会儿后说:"可以的。"

伊松没料到陈华这样爽快。她说:"我先生不在家,你可不可以先来我家,然后一起出去。"

陈华说:"可以的。"

伊松告诉陈华家里的地址后,起床去了洗澡间。她认真地洗脸化妆,然后坐在客厅等陈华。

伊松把可视门铃打开,不一会儿,她看见一位年轻帅气的男子站在家门口。伊松暗暗地吃了一惊。心想,咋这样年轻呢?

伊松关掉可视门铃,亲自走到门口接陈华。

握手时,伊松说:"你这样年轻。"

陈华很大方,说:"原来你这样漂亮。"

两个人一同坐在一条长沙发上。

伊松问:"喝饮料还是啤酒?"

陈华说:"随便。"

伊松从冰柜里取了两瓶罐装生力啤酒,说:"还是喝啤酒来劲。当然,喝威士忌也不错。"

陈华说:"什么都行。关键是我们认识了。"

伊松拉开啤酒盖,装入两只高脚杯,说:"为我们相识干杯。"

伊松和陈华像一对恋人,边喝酒边聊天,很长时间后,伊松说:"跳舞吗?"

陈华说:"去哪里跳?"

伊松说:"我家一楼有舞厅。"

伊松把陈华带下一楼舞厅。

舞厅全封闭,装修很有特色。打开门走进去,马上有一种飘逸之感。

陈华闻到了一股法国香水味,这是从空调机送出来的。这种香味,有如少女身上散发出来的体香,让人心醉与神往。黑色的窗帘,把白天隔开,使得狭小的世界变得如醉如梦。

伊松问陈华:"喜欢什么曲子?"

陈华说:"凯丽金的《回家》《春风》《永浴爱河》《快乐的小鸟》,当然皮埃内的《小夜曲》和古诺的《小夜曲》,以及阿恩的《假如我的歌声能飞翔》等我都喜欢。"

伊松找到凯丽金专辑,说:"先放凯丽金专辑,十五首乐曲,一个多小时呢。"

陈华说:"那就放凯丽金专辑。"

第一首是《春风》。随着凯丽金那醉人的萨克斯管的旋律,陈华抱着伊松轻轻地摇了起来。他仿佛看见,夕阳染红了一片茂密的森林,在森林的近处,有一片空旷的草坪,微风轻吹,一位思春的少女静静地坐在草坪上,一双眼睛像是在欣赏着她眼前夕阳的美景,又像是憧憬着一个只有她才知道的未来……陈华完全沉浸在萨克斯管的旋律之中,乃至伊松什么时候靠在他身上,他都不知道。直至舞曲终了,他才发现伊松紧紧地拥抱着他。

陈华说:"坐吧。"

伊松说:"就这样,我能听到你的心跳……"

再一曲起时,伊松抱着陈华来到舞厅的沙发上,男女之间一个永恒的主题，在这个小小的舞厅里淋漓尽致地表现、挖掘……当伊松和陈华从情欲的海水中走出来时，已经是夕阳西下时分。伊松开她的凌志轿车，把陈华带到南庄酒店吃晚餐。临别时，她给陈华两千元现金，说："没事了给我电话，我想着你。"

陈华说："一定。"

十五

快要下班时，王萍没有敲门就走进了王辛夫办公室。王辛夫很认真地在翻看一本画册。画册里有海南辛夫药业有限公司的办公大楼，还有一幅王辛夫伏案批阅文件的侧身照片。那表情有些造作，特别那笑脸不太自然。

王萍笑着说："哎哟，王总的光辉形象在上面亮大相了呢！"

王辛夫这才抬起头来，见是王萍，说："门都不敲，把我吓了一大跳。"说着，把画册合上，推到一边，"什么都是钱，两张照片，宰我三万元。你说划得来吗？"

王萍笑而不答。她走到王辛夫背后，捧起王辛夫的脸，吻了吻说："晚上来我家，求坚今晚不在家。"

王辛夫说："知道的。他正忙着准备召开现场订货会。不过还是去海口宾馆开个套房方便。"

王萍说："他每天晚上十一点半都来电话问安。"

王辛夫笑笑，说："这小子。"他想了想，"就去你家吧，房东阿蓉贱精。"

王萍说："管她呢！只要咱快乐就行。"说罢，两人亲昵了一番后，王萍走出王辛夫办公室。

晚上八点半钟，王辛夫准时来到月朗新村。

王萍早早洗好澡等待王辛夫。她尽力创出一种情意绵绵的气氛。

王辛夫非常满意。他们在客厅待了好一会儿后，来到床上。王辛夫用手机拨通了陈求坚的电话。

王辛夫说："求坚啊，你辛苦了。"

陈求坚在电话里很认真的样子："领你的工薪，就得干你的工，况且还欠你的人情债。"

王辛夫说："不谈那些，不谈那些。"

陈求坚问："你还没睡？"

王辛夫捏了捏躺在他身上的王萍，说："在泡妞，是一个很靓的妞。"

陈求坚笑着说："得注意点啦，别传染上一身梅毒那就糟糕了。"

王辛夫说："人生能有几回乐？况且现在梅毒这样的病药物多得是。"他提高嗓门，"你有机会也来他妈一两个嘛，别老土了啊。"

王萍捏了捏王辛夫，给他做鬼脸。

电话那头陈求坚说："我不干那事，得对得住王萍。"

王辛夫说："那倒是。"他看了看压在他身上的王萍，说，"你真福气，王萍对你忠诚着呢。"

陈求坚像是卡了一下，马上哈哈大笑起来。

电话挂了后，王辛夫紧紧把王萍拥抱在怀里。王萍说："求坚干得不错的，工人反应特好。朱厂长太贪了，特别是他的两个朱姓兄弟。倒不如让求坚来主政。"

王辛夫说："朱厂长与他那两个朱姓兄弟的股份加起来比我的还大。"

王辛夫说完这句话，就不再说话了。他表现得只顾眼前的快乐。不过他心里在说，要是陈求坚主政捞到一把之后，你还能天天跟我混在一起么？他忽然有一点儿害怕，他害怕陈求坚有朝一日真的干成功了，那王萍就……

十六

　　王萍生日在王海大酒家举行。不隆重却很有质量。伊松虽然去了泰国，但也提早留下贺卡和礼品。陈求坚给王萍送了一枚钻石戒指和一条项链。王辛夫当场把一幢小别墅的钥匙和房产证交给王萍。这样贵重的礼物，王萍起初有点儿受宠若惊。但想到王辛夫在章丽过生日时也赠送过别墅，她也就心安理得了。章丽把一套法国产真皮沙发和一张意大利产席梦思床的提货单交在王萍手上后说："横竖也是一番心意，就愿王秘书和陈先生常躺着做美梦。"章丽的后一句话说得很调皮，惹得大家都笑了。随后，有的赠送空调机提货单，有的赠送地毯提货单，公关部胡信田部长把装修家庭舞厅的工程合同书交给了王萍，说："我已预付了全部工钱。"

　　王萍做梦也没有想到，这一切来得原来这样轻而易举。在唱《生日歌》时，王萍感激得差点儿流出了眼泪。陈求坚倒十分冷静，他十分清楚，这一切都是王萍的，而这一切，又是王辛夫起的作用。要是没有王辛夫，王萍算什么？

　　这天夜晚，王萍包下王海歌舞厅，玩至深夜两点钟。这个时间安排是陈求坚的主意，也是王辛夫的主意。其意思是显而易见的。生日这天是生命的一个驿站，得从今天到明天延续下去，这里头自然包括了爱情、友情、事业……只是在深夜两点钟结束，就各人有各人所寄托在其中的内涵了。陈求坚希望他和王萍两人共有一片天地，从今天到明天，直到永远，白头偕老。王辛夫希望他和王萍两人的关系从今天到明天直到永远。王萍明白这一切，但她不想往明白处想。不过她预感到，一切都在发生着变化。

十七

　　这是一幢很有风姿很有现代化的二层小别墅。后院是花园。前院的围墙上，蔷薇花尽情地开放着。据说，这是第三代蔷薇花，一节开白的花，一节开蓝的花，一节开紫的花，一节开红的花，一节开黄的花……隔节开放着不同花瓣，而且一年四季花开不败，鲜艳夺目。庭院内的草坪上，种着各种各样的花朵：君子兰、杜鹃花、紫荆花、五指山兰花、玫瑰花、菊花……草坪上的小径，是五颜六色的鹅卵石铺就，整个庭院形成了很强的立体感。步入院内，就像是走进一幅画。小别墅的内部装修豪华但不失典雅，而且很合理地摆设了王萍生日那天朋友赠送的家具，安装了现代化家用电器。王萍很满足。不过她告诉自己，目标要更高更远一些。

　　陈求坚面对这一切，心里总有一种不踏实的感觉。他不止一次问自己，这一切来得是不是容易了一点？在山城，这是想都不敢想的事。眼前这一切，他总是找不到一个合理的解释。王辛夫说，他来海南的头一年很辛苦，什么都没有弄成，后来跳槽到海鹿房地产股份有限公司干营销。有一天，一个港商找他，说，他想在海甸岛买一块地皮，建一个别墅群。他逮住了机会。他没有把海鹿房地产股份有限公司的地皮推销给那位港商，却去找中发房地产公司，他当中介人，从中获取中介费一百二十万元。他把这一百二十万元带去三亚，买下河东西路中心街的一块地皮，转出去净赚四百七十多万元。他认为房地产是个暴利行业，但风险大，他决定转行，把资金全部投向制药业。他成立了辛夫药业有限公司，投资控股三个制药厂，生产紧俏药品，其中海南辛夫制药二厂他的股份占49%。他又回古城创办了药业综合开发区，资产逐渐增大，现在已经是一个拥有亿万资产的青年企业家。但是王辛夫的发财之路，不足于解释眼前的事实。陈求坚只能对自己说，别想得太多，不要把问题复杂化了。

十八

王辛夫坐在主席台上讲话的时候，眼睛总是不自觉地看着王萍，好像他只对王萍一个人讲话。坐在台下的每一位员工，几乎都知道王辛夫和王萍的情人关系。王萍从职工对她的态度已经知道纸是包不住火的。她有一点担心，要是陈求坚也知道了，结局会是怎样？不过话说回来，这类绯闻，当事的一方往往都蒙在鼓里。这么一想，她放心了。

章丽坐在前排的位置上，她有一种非常强烈的失宠感。其实，王萍到人秘部之后，她就预感到自己将会失宠。这个时刻真的来了。王辛夫宣布，章丽任人秘部部长。人秘部下设两个办公室，人事办公室和秘书办公室。王萍接任章丽任秘书办公室主任。秘书办公室就王萍一个人。这就是说，王萍虽然是主任，但也是王辛夫的秘书。王辛夫是对得起章丽的。王辛夫必须对得起章丽。章丽跟他两年多，付出的实在太多。人秘部部长职务，多少人巴望不得。王辛夫平时很少召开员工大会，就是开会，话也说得很少。他宣布了几个任命书后，宣布了一个让王萍感到突然的决定：海南辛夫药业股份有限公司决定卖掉海南辛夫制药二厂的所有股权，理由是，古城药业综合开发区资金链断裂，他计划余下的两个药厂，股权也将拍卖，把资金重新杀回房地产。这使王萍心里不踏实。既然海南辛夫制药二厂股权卖掉了，陈求坚就不可能再当厂长了。陈求坚不当厂长，他去干什么呢？王辛夫总不会把他放到公司里来吧？如果那样，她和王辛夫的那种关系不就暴露无遗了吗？

　　王萍的心思没有逃过王辛夫的眼睛。散会后，他把王萍带到狮子楼吃火锅。他直截了当地对王萍说："你把陈求坚养起来。在海口这个地方，要是他没有足够的生存能力，他就永远控制在你手里。"

　　王萍想了想说："他自尊心很强，他……"

　　没等王萍说完，王辛夫就打断了她的话说："陈求坚人很老实，且内里软弱、胆小怕事。他失去了厂长职务，必然设法去找新的工作。他肯定不好意思还叫我为他找工作。他的逻辑是，他来海口的时间已经不短，现在找一份好的工作比较困难，他又不会低聘在原厂当部长之类的职务，他的自尊心不允许，除非他重新拿起笔，但是不太可能。而不太好的工作，他也不会去干。因为你们现在钱的问题已经不是一个问题，再加上他很爱你，他会听你的话的。"

　　王萍抬起那双丹凤眼，很复杂地看着王辛夫，说："你呀，真能。"

　　王萍举起酒杯，说："为幸福干杯。"

　　没有风。木炭在火锅底下越烧越旺。火锅里的墨鱼片和眼镜蛇肉在翻滚，香味随着水雾散发开来。王辛夫吃火锅有个习惯，他从来不用筷子去捞锅里的菜，他总是设法调节火苗，等他想吃的食物翻滚到水面之后，他才不失时机地夹起。这实在需要一点技巧。王辛夫很熟练地掌握了这个技巧。

十九

陈求坚下午四点十分下飞机。他亲自出马，带领公关部的三位公关小姐去其他省市讨债两个多月，即使十分艰辛，但总算把拖欠的四百六十多万元药款追回来了。上飞机前，他本想给王萍打个电话，让她接机，但更想给她一个惊喜，就先去了工厂。

陈求坚来到工厂门口时，他愣了一下。厂门口"海南辛夫制药二厂"的牌子，换成了"海南朱氏制药总公司"。他闹不清这是怎么一回事。他急忙向办公大楼走去。当他走进办公大楼时，一切都明白了。办公大楼按照时下流行的方格式办公方式装修一新。每一位职员坐一个方格。方格与方格之间，以钢化玻璃为隔板，职员与职员之间相互可以看得见。

朱厂长坐在总经理的方格里。总经理的方格比其他员工的方格高出许多，他可以看见所有方格里的员工。陈求坚进来时，他正认真审批生产计划。他抬头看见陈求坚，马上站起来迎了上去，很客气地把陈求坚带到总经理接待室。坐下来后，朱总经理说："你这次亲自带队追债收效很好。回来后你都看见了，一切都发生了变化。"

陈求坚想问怎么回事，但话到嘴边又咽回去了。

朱总经理指着厂长、副厂长的方格说："朱元良部长任厂长，朱庆仁部长任副厂长。"

见陈求坚不说话，朱总经理回："这两个月厂里发生的，你或许还不知道吧？"

陈求坚结结巴巴地说:"没人给我电话。"他去追债的这段时间,他与王辛夫通过几次电话,但并未听见王辛夫说什么。

朱总经理很理解地说:"王辛夫总裁找到我,说要卖掉股权,并且非卖掉不可。我们三个兄弟考虑再三,凑足钱,买下了王总裁的全部股权。"

他笑笑说:"所有部长和员工都解聘后重新聘任。对素质差的员工,全都辞退了。你要是愿意的话,聘请你任公关部部长,待遇可以谈,考虑吗?"

陈求坚心里乱糟糟的,他说:"再说吧,我得先回去看情况再说。"

朱总经理把陈求坚送到厂门口,说:"待遇可以谈,希望你能考虑。"

陈求坚笑笑,什么也不说。他要是还在厂里干,自尊心允许吗?

陈求坚拖着疲惫不堪的身子,回到月朗新村。已经六点多钟了,王萍还没回家。他打电话给王萍,王萍说她不在海口。他问王萍在哪里?王萍说她和王辛夫在三亚金陵度假村谈生意。

陈求坚问:"到底发生了什么?王总把二厂的股权都卖了,你也不告诉我一声。我回来去厂里,好尴尬的。"

王萍不知道说什么是好。大约几分钟后,她说:"你的事情我知道了。总不能再在那里干了吧?!你先在家里好好休息了再说,我们现在生存已经不是问题。"

陈求坚说:"都成这样了,我还能怎样?"

王萍心里有些高兴,这也是王辛夫所希望的。她说:"存折放在写字台上,好好玩上几天。这会儿实在太累了。"

陈求坚问王萍:"什么时候回海口?"

王萍说:"还不清楚。生意谈好了就回来。"

实际上，王萍并不是去三亚谈生意，她是和王辛夫去三亚玩的。

挂断电话后，陈求坚摇了摇头，叹了口气：人生好苦短啊！

二十

陈求坚睡到九点多钟才起床。这一年多来忙惯了，闲下来反而不习惯。王萍和王辛夫还在三亚。

王萍在电话里告诉陈求坚，伊松已经从国外旅游回来了，如没事就去找伊松唱唱歌，跳跳舞。

陈求坚说，心情不好，没有那雅兴。他问王萍："一笔生意，咋谈了半个来月还没谈妥呢？"

王萍责怪道："辛夫忙着呢！"

陈求坚心里犯嘀咕，心想，王萍什么时候起把王辛夫的姓给去掉了呢？但是他不想往坏处想。他给王辛夫老婆伊松拨了电话，伊松说："有空就来我这里玩。王辛夫和王萍去三亚玩，咱就在海口玩，这才能拉平啊！"

陈求坚觉得伊松话里有话。他说："现在没有玩的雅兴。我最要紧的事是找份工作。"

伊松笑了起来，说："找工作干啥，反正有得花。活得可别太认真咯。"她等了一会儿，没见陈求坚说话，便用有点儿责怪的口吻，说："你真是的，一个人别活得太认真，那样太累了。"

陈求坚好像刚认识伊松似的。他真的不知道说什么好，只好不说。

伊松滔滔不绝说个不停。

她告诉陈求坚，王辛夫去年把公关部的丁少松小姐的肚皮搞大了，他给她扔下五万元就完事了。她半开玩笑地说："你可要多一条心啊，别到时候大美女王萍小姐也挺回一个肚皮……"伊松没听见陈求坚说话，就停了下来。

陈求坚这才涩涩地说："别胡闹了伊松，等辛夫和王萍回海口了，咱一起出来玩。"

其实，陈求坚对王萍和王辛夫的关系一直存疑心，伊松正好说到了他的疑心处。挂断电话后，他有一种强烈的失落感，隐隐约约，他还意识到有一种危机感。一整天，伊松说的话老在他的脑海里打滚。不过晚饭时，他还是吃得很饱。他自己也觉得奇怪，什么时候起，他放开了呢？

二十一

从皇爷歌舞厅出来后，王辛夫说想去机场东路圆梦圆吃夜宵，陈求坚心情不太好，他找借口说肚子不舒服不想吃，王萍只好开着新买的皇冠3.0把他从滨海新村带回海甸岛家里。陈求坚不吃消夜，王萍自然不高兴。一路上，她一句话不说。陈求坚也懒得说话。直到洗完澡上床后，陈求坚才说："王辛夫真是本性不改。他怎么可以把人家丁少松小姐的肚皮搞大了扔下五万元就一走了之？"

王萍没好气地骂道："你这个人活得实在没劲。王辛夫把他手下漂亮的小姐肚皮搞大了这有什么大惊小怪的？这都什么年代了？能认真得了吗？这个社会只要有钱，干啥不中？丁少松给王辛夫把肚皮搞大了捞了五万元，不合算吗？ 昨天我还见过两个专为别人生孩子的专业户呢！你说啥报酬？ 为人家生一个孩子三万元，要是生出来是男孩，加三万元。王辛夫都给丁少松五万元了，我看不算少了。"

陈求坚无话可说。他意识到王萍的思想和他的思想距离越拉越大了。他心里在说，这种事情怎么能够用金钱来衡量呢？

二十二

陈求坚走出龙舌坡人才交流市场，已经是中午时分。他沿着海府路往海口宾馆方向走，走到一个报亭，他停了下来。他想给王萍打电话，告诉她，他和几个招聘单位洽谈过，不是岗位不适合，就是工薪太低。可是王萍现在根本不关心他有没有工作，告诉她，也是热脸面贴在冷屁股上。想到这，他离开了报亭。走到亚希大厦附近的小食摊，吃了快餐，继续往前走，到了大英天桥，他拐到大同路。走到海口人民公园围墙外，他停下脚步。树荫下，坐着十多位算命先生。因为无聊，他坐在一位算命先生跟前。算命先生剃了光头，长着白胡须，身穿黄色袍。

陈求坚刚坐下，算命先生说："看脸面，你疲惫不堪，心事重重，心里头不如意的事情困扰着你。要是相信老的，就把生辰八字说来，为你算上一命，如何？"

陈求坚把自己的生辰八字告诉算命先生。只见他在一张白纸上写画了几分钟，说，你属猴，生于卯月壬日辰时，为水命之人。天干上，偏财、正印透出，文昌、驿马、天德贵人三星入命，这是很不错的命局。可惜支下伤官太多。伤官见官不一定不好。你这一生，为文有成，官运坎坷。你的日支正财为妻，且坐在妻位，妻子是个美女。但桃花星出现在时支上，又不得地令，你和妻子的缘分浅。从你的大运流年看，这几年你有一点财运。但是你的用神为土，命局中，水多土少木稀，水多而泛滥，无土制之，无木泄之，不如意的事会相继发生。你目前所有的不如意，多半因妻而起。说到这里，算命先生长叹了一口气，说："女人长得太美其实是祸而非福也。"

陈求坚对命理学说一直是半信半疑，但听了算命先生说的话，他心里好生诧异。他不说算得准，也不说算得不准，他只是笑笑，放下二百元就走了。

陈求坚去了友谊商场，逛了一圈，没买什么，出来去了解放路新华书店。对于书，这些年他基本上没好好读过一本。现在有空了，才想到书。夜间生活好过一些，他去歌舞厅唱唱歌跳跳舞，时间好打发。但是到了白天，真的不知道做什么是好。有事做时，时间过得老快。没事做了，时间就像是停止了似的。但是现在这种状况，只能忍耐，别无选择。

二十三

深夜两点多钟，王萍才回家。

陈求坚还没有睡，他靠在床头上看书。

要是以往，她会对他说些抱歉之类的话，然后向他解释为什么这么晚才回来。但是最近，连这样的形式，都不要了。陈求坚意识到，他和王萍的关系，已经有了危机，或许，这种危机早就已经存在，只是他没有觉察就是了。

陈求坚主动说："回来了？"

王萍说："回来了。"

王萍回陈求坚的话时，脸面明显有意识地笑了笑。

陈求坚把王萍的笑过滤了一遍，他发现，王萍的笑意很复杂，这说明她内心深处同样是复杂的。

王萍和以往一样，回到家，把挂袋往沙发上一扔，脱光衣服，进入洗澡间。打从搬到这栋别墅之后，她就有个习惯，不管白天黑夜，在家里，她总是一丝不挂。其实，住月朗新村出租屋时，她就有这个习惯了。但那时，不像现在，室内全封闭，保持恒温。

王萍很快洗好澡，这才记起内衣内裤放在沙发上。她叫陈求坚帮她把拿一下。每天洗完澡，她都要先洗净这两件东西。

陈求坚拿着内衣内裤，怒发冲冠，朝王萍的脸面，重重下去一记耳光，厉声责问："这是怎么一回事？跟哪个混蛋干的？"

王萍没有哭，也没有陈求坚希望的那样脸面通红、尴尬地辩解悔过。

王萍十分平静，她说："跟王辛夫干的。而且已经不是一次两次了。"

陈求坚气得脸面发紫。他握着拳头，大声喊："王辛夫，你是个混蛋。"

这一夜，陈求坚失眠了。

王萍睡到另一间卧房。

天亮后，陈求坚来到王萍床前。

王萍已醒。

陈求坚对王萍说："不要当王辛夫秘书了，好吗？"

王萍问："那你叫我干什么？"

陈求坚说："重新找工作。"

"你找多久了？找到了吗？"

陈求坚无言以对。

王萍说："我不会轻易放弃眼前这一切的。要是你不能容忍，不能这样过下去,那么只有一个选择——离婚。"

陈求坚还想说什么,但嘴唇动了动,什么也没有说。

二十四

海口温泉宾馆楼顶游泳池到了晚上九点,游泳的人很多。绿色地毯,沿着游泳池四周铺设。地毯上,摆放着人造藤小圆桌子,每一张小圆桌子旁摆放四条塑料凳子。王辛夫和王萍游了几个来回后,坐到十六号桌上喝饮料。

王萍为王辛夫拉开一瓶椰子汁,插入吸管,送进王辛夫嘴里,她告诉王辛夫,陈求坚打了她。

王辛夫问:"陈求坚知道我们的事了?"

"知道了。我还特意告诉他,我们不是现在才有了那种关系。"

王辛夫沉默了一会儿后,伸手抚摸王萍的脸,笑着说:"我们和陈求坚是老同学老朋友啊!"

王萍做鬼脸说:"为了漂亮女人,你宁愿不要朋友。"

王辛夫笑笑,又伸手抚摸王萍的下巴。

王萍喝了一口椰子汁后说:"我告诉陈求坚,如果不能忍耐,如果不能这样生活下去,那么只有一个选择——离婚。"

"离婚干什么?"王辛夫问。

"我要扎扎实实做你的情人,绝不许你再出个丁少松。"

王辛夫不再说话。他拉起王萍的手,双双跳入泳池里。

二十五

伊松打电话给陈求坚的时候，他还没有起床。实际上他早就醒了，只是懒得起床而已。

伊松说："你才知道王辛夫和王萍的事吧？其实你应该早就知道了。"

"知道什么呢？我不明白你说什么啊！"陈求坚特烦别人说这件事，他把话题绕开，"现在忙些啥呢？"

伊松说："陈求坚你别装蒜了。我知道你心里很痛苦，但那是最划不来的。他们玩，我们也玩，这样不就打平手了吗？"

"伊松，我真的不明白你说什么呢。哦，等王辛夫和王萍什么时候有空了，咱两家出来好好聚一聚，你说呢伊松。"显然，陈求坚不想说王辛夫和王萍的事。他曾经想去揍王辛夫一顿，凭他的个子，不要说一个王辛夫，就是三个王辛夫也不在话下。但是王辛夫请的那几个保镖，虎背熊腰，陈求坚就差远了。当然，他完全可以用钱去买几个打手。在气头上，他是那样想过，但冷静下来，就觉得没有必要了。

伊松似乎发了脾气，她在电话里大声说："陈求坚，你是个傻瓜蛋。"停了停，见陈求坚没反应，她说，"陈先生拜拜。"挂断电话。

陈求坚依然躺在床上。想着这些年来的风风雨雨，他的眼睛里溢满了泪水。

二十六

陈求坚不是很想去龙舌坡人才交流市场，他已经去过多次，没有一次获得实质性效果。这些天，《海南日报》天天公告，说那里正在召开大型人才供需见面会。他知道这类人才供需见面会形式多于内容，有一些企业甚至借机做广告，捞报名费。陈求坚起床后，自觉心情不错，决定去碰碰运气，反正在家也没事，况且他迫切需要找到一份工作。

还没到九点钟，人才交流市场就挤满了人。陈求坚顺着招聘点一个一个往里走，边走边看各招聘点的招聘条件。在海南永盛纸品彩印厂招聘点前，他停下了脚步。这家工厂他比较了解。原海南辛夫制药二厂是这家工厂的大客户，每年印刷药品盒都在两百万元以上，且不欠债。肖军厂长他认识，是个很能干的年轻人。肖军干啥去了呢？咋在这里设点招聘厂长呢？莫非……

陈求坚走到招聘点的长桌前，桌上放着招聘负责人的名字，她叫苏珊。

陈求坚问："肖厂长不干了吗？"

苏珊小姐抬头看了看陈求坚，说："肖厂长当总经理了，是永盛纸品彩印有限公司的总经理。"她问，"你认识肖总？"

陈求坚笑笑："见过面。"他不想说以往有过业务往来。

苏珊小姐认真地打量着陈求坚，不再说话。

陈求坚感觉这个招聘点不全是形式。他拿了一份永盛纸品彩印厂的材料，又要了一张应聘申请表，很认真地填好后交给了苏珊小姐。

苏珊小姐从陈求坚填写的表上知道他有过厂长的经历，就问："陈先生为什么不在辛夫制药二厂当厂长呢？"

陈求坚说："这就一言难尽了。"他想了一会儿，说，"没当好，被炒鱿鱼了。"

"哦，挺诚实的。"苏珊小姐笑着说。但是她好像生怕陈求坚误解她的意思，接着说，"不过，我知道辛夫药业有限公司已经转让海南辛夫制药二厂的全部股权。"

陈求坚显然不太想说辛夫药厂的事。苏珊小姐好像也看出来似的，说:"我们可以深入谈谈吗？"

陈求坚说:"当然可以。我今天就是为了谈而来的。"

苏珊小姐很健谈。她和陈求坚天南地北地聊了起来，甚至连影响中东石油价格升降的因素，美国总统克林顿的夫人希拉里为什么极力推行医疗保健改革等国际问题都聊到了。不过陈求坚十分清楚，苏珊小姐在测试他的知识面、领导能力和品德修养等方面。他们聊了大约一个多小时后，苏小姐对陈求坚说:"后天你来这里看消息。"说罢，她站起来，把手伸给陈求坚，笑着说:"您希望是个什么样的消息？"

陈求坚握了握苏珊小姐的手，反问:"您希望给我什么消息？"

苏珊小姐开心地笑了。

陈求坚也笑了，但显然不是那种开怀的笑。

陈求坚又顺着各招聘点走了一圈。《海南特别报》也设点招聘记者。陈求坚站了一会儿，走了上去。他要了一张应聘表格，填好后交回去。但是没等对方说话，他就走开了。他特别自信，凭他的实力，应聘记者是很有把握的。

走出人才交流市场，陈求坚想，总不能下了海又上岸吧！但是他又反复自问：我真的是经商的料吗？我真的是当厂长的料吗？

陈求坚漫无目的地沿着街道走。海口市大街小巷都有彩票销售摊。每一个摊位前都围着许多彩票迷。陈求坚很少买彩票。王萍几乎每一期都买几百元。本来，买一块钱彩票，要是中奖可得八千元，这实在很刺激，值得一赌，要是运气到了，中个百把块钱，那一夜之间就成百万富翁了。在海南，手中有百把万元的人多的是。对于工薪阶层，要是中个百把万元大奖，那就有资本去干一项事业了。想到这，他走向一个彩票摊，从口袋里取出一百元，但不知是咋的，他又把钱放回了口袋。他不大相信自己有那个命。他从逻辑的角度推论,万分之一个机会实在太难。

二十七

王萍已经一个多月没有回家了。王辛夫在海口宾馆为她开了一个套房。陈求坚明白,王萍这样做是迫使他适应这种生活方式,接受既成的事实,那就是陈求坚永远是她的丈夫,王辛夫永远是她的情夫。但是陈求坚不是伊松,他无法容忍一个形式上是自己的妻子,却天天躺在另一个男人怀里的女人。他的思想观念,还没有开放到那个地步。

陈求坚睡到下午三点多钟才起床。他给王萍拨了电话。王萍听见是陈求坚打的电话,语调就高了起来:"有事吗?我忙着呢。"

"当然有事。"陈求坚直截了当地说,"我们离婚吧!"

王萍感到很不可信。她问:"真的吗?"

"你见我说过假话吗?"

王萍沉默了一会儿后说:"离了婚你吃西北风?"那口气分明带着几分嘲讽。

"那是我的事,应该与你没有关系。"陈求坚轻声细语,那口气跟以往一样,但是态度非常坚决,"况且对你已经不重要。"

王萍问:"什么时候?"

"明天。"陈求坚说,"今天已来不及了。"

王萍问:"什么条件?"

陈求坚回答得十分干脆:"这幢别墅是你的,还有这幢别墅里的一切都是你的。陈求坚向你保证,他不会从你这里拿走一针一线——当然不包括属于他的东西，比如他的稿件。"说到这里，陈求坚语调稍微提高了一点儿，但依旧温和，"请你一百个放心，要是你乐意的话，今晚回来吃饭，就算是离婚宴也好，散伙餐也罢。你还可以把王辛夫也叫来，这随你的便，单是我买的，请你放心。要是你不乐意，你就在明天上午九点钟回来，我把这里的东西清点清楚后，一起去领离婚证。"

王萍在电话那头没有说话。她的心情实实在在掠过几分烦躁。她心里想，陈求坚来了海南这些年什么都没有得到，现在连老婆都……

没有听见王萍说话，陈求坚问："为难吗？那就明天上午十点在新华区民政局见，怎么样？"

王萍说话了，她说："这样吧，我今天晚上回来吃饭。就在家里，不去宾馆。就这样定了。"

挂断电话后，陈求坚的心情好像轻松了许多。到底是什么原因，他不明白，他也不想明白。

陈求坚往古城拨了几个电话，和几位朋友聊了一些情况，朋友问他现在活得怎样？他说活得很轻松。问他发财了没有？他说大财还没有发，但小财就不用说了。问王辛夫重用他没有？他说，王辛夫是个难得的好朋友，这辈子交到这样的朋友，是他的荣幸。问他的妻子王萍还是那么漂亮吗？他说王萍越来越漂亮了。他还特别告诉他的朋友，王萍实实在在是个好妻子，这辈子能娶到王萍这样的妻子，是他前世修来的福分……然而，在对朋友说这些话时，他的心在流血。不过，很快就止住了。

陈求坚给古城的几位朋友通完电话后，他还想给在北京几家报社当记者的同学打电话，但看墙上挂钟，已经五点多钟，他对自己说，以后再打吧。他给华侨宾馆餐厅部打电话，定了一桌菜，是来海南头一天王辛夫请他们在华侨宾馆吃的菜谱：烤乳猪、烤乳鸽、红米酒煮龙虾、宋河大曲煮和乐蟹、轻闷沙鱼煲、轻闷乌龟四脚蛇、油炸眼镜蛇、白切文昌鸡……陈求坚约定下午六点钟之前把菜送到家。

放下电话，陈求坚反复对自己说，要拿出男子汉风度来，营造一个和平分手的好气氛，即便王萍把王辛夫带来也一样。

二十八

快下班时，王萍走进王辛夫办公室。她像以往一样，先在王辛夫的脸上轻吻一下，然后说："陈求坚决定和我离婚，而且明天就办理手续。"

王辛夫不说话。他的眼睛一动不动地看着王萍。

王萍说："等一会儿我回去一趟。"

王辛夫平静地问："是他的决定？"

"也是我的决定。我说过，我要一心一意，死心塌地跟你。"

王辛夫稍微张了张嘴，不再说话。

二十九

王萍先去银行。

王萍回到家时，已经是七点多钟。她一进门，陈求坚像这之前未曾发生过什么似的，还是和以往一样，说："回来了？"

王萍回说："回来了。"她不再说什么，径直走进卧房，像以往一样，脱光衣服，来到客厅，来到陈求坚跟前。

陈求坚坐在沙发扶手上。

王萍伸手抚摸陈求坚的脸，说："今晚我还是你的。我特意没让辛夫一起来。"

陈求坚躲开王萍含情脉脉的眼睛。他和她生活了六年，总算读懂了她的这双眼睛。这双眼睛，只要为达到某个目的，看谁都一样含情脉脉。

陈求坚说："华侨宾馆定的饭菜，已经摆好。先吃饭还是先洗澡？"

王萍把目光投向饭厅，饭桌上摆的几道菜，与上岛的头一天，王辛夫请他们在华侨宾馆吃的一样。她知道陈求坚暗示什么，是他在海南的重新开始吗？是……她不愿多想，她对陈求坚说："我想还是先洗澡。跟我一起洗吗？像以往一样。"

陈求坚犹豫了片刻，说："我洗过了，你自己去洗吧。"

王萍当然不能像以往一样，硬拉着陈求坚和她一起洗澡。现在已经不是过去。她只好一个人进了洗澡间，十多分钟后，她出来了。王萍赤条条站在陈求坚跟前时，他发现，王萍身体各部位都发生了微妙的变化。那白净的肌肤，变成了白红色，这应该和海南的阳光，以及王萍喜欢下海游泳有关。那对乳峰，比过去高耸而富有生气……陈求坚看着看着，欲火直往头顶上冲。这一切，王萍都看在眼里，她靠向陈求坚，为他解开了衣裤，说："该有三个来月没碰女人了吧？"

陈求坚不吭声。他一把将王萍紧紧地拥抱在怀里。他一下子明白了。自己原来是深深地爱着王萍的。正因为爱，他很快地松开了手，把王萍推离自己的怀抱，轻声说："吃饭吧。"

王萍似乎还没有反应过来。她跟在陈求坚身后，来到了饭厅。坐下来后，她斟满两杯四特酒，举起杯，说："为此时此刻干杯。"

陈求坚举起酒杯，不说话，与王萍的酒杯碰了一下，一饮而尽。

王萍又斟满两杯酒，举了起来，说："为我们曾经拥有干杯。"

陈求坚还是不说话。在他看来，过去这个概念实在太模糊，并且已经过去。但是他还是一饮而尽。

王萍又斟满两杯酒，举了起来，说："这杯酒是为将来干杯。"

陈求坚更不说话了。他很少说将来。将来必然会来的，等来了再说。他笑了笑，抬起头一饮而尽。

三杯酒下肚，人变得轻飘飘起来。王萍好像稍微好一些，但也好不了多少。她那张鹅蛋脸红得像烧虾，那双丹凤眼已不能按照自己的意志放光。她又接连斟了几杯酒，开始和陈求坚一起喝，后来自斟自喝，直至烂醉。

陈求坚感觉自己还能支撑。他把王萍扶进卧房，平躺在床上。

陈求坚越来越清醒了。他走进洗澡间，洗了个凉水澡，出来后，王萍已经睡着。他没有和王萍睡在同一张床上。他躺在客厅的沙发上，想了很多很多，一夜没有合上眼。

三十

王萍醒来时，已经是上午八点二十分。

陈求坚从书柜顶上搬下从古城带来的紫红色皮箱。这个皮箱是他读大学时，姐姐送给他的。虽然样式老旧，但是他一直舍不得扔掉。他把衣服和当记者时发表过的文章收拾进箱子里，日用品之类的物品，他装在一个大塑料袋里。

王萍坐在床上看着陈求坚，她问："真的只有这个选择了吗？"

"这是你给我的选择。"陈求坚笑笑说，"我的思想观念实在太保守，有时我想，如果我的思想观念能有你那样新潮就好了。这是真话。但我在这方面总是新潮不起来,永远新潮不起来啊!"

"找到住房了吗?"王萍问。

这倒把陈求坚问住了。他想了想说:"这不重要。即使露宿街头,那也是我的一次革命。"

王萍从她的手提袋中取出一本存折,递给陈求坚,说:"这上面有十万元,你的名,密码是月朗新村出租房那个座机电话号码。这是昨天接了你电话后才去银行存的。或许你能用得着。"

陈求坚看了看王萍,第一个反应是:怜悯我?我真的很需要怜悯吗?他轻声细语地说:"人要靠自己。我想我应该靠我自己。"

王萍的心像被针刺了一下,脸上写满了尴尬。但王萍到底是王萍,她很快恢复了常态,没有发生过什么事似的,问:"都收拾好了?"

"收拾好了。"陈求坚说,"去新华区民政局吗?"

王萍极力控制着自己的情感,说:"随便。"

陈求坚提起皮箱,走到门口,从裤兜里取出别墅的钥匙,交给王萍,又从上衣口袋里取出一张条据,交在王萍手上,说:"这是更换钥匙的收据。定好上午十一时,安装锁头的技术员上门更换这栋别墅的全部门锁。我已付款,包括工钱。领取离婚证后,你就回来,免得人家等。"

王萍心里隐隐作痛。她说:"何必换门锁呢?我不会怀疑你嘛,我还不了解你吗?"

陈求坚说:"我希望什么事情都要干干净净的好。"

王萍不再说话。她说什么呢?

三十一

陈求坚的口袋里只有两千多元。暂时找不到工作，一下子租不到房之前，他不能乱花钱。他很想去张业那里借住一宿，但又不想麻烦人家，就去了汽车总站。他把皮箱寄存在汽车站行李寄存处，走上三楼招待所。

收银小姐问，睡通铺，还是睡房间？

陈求坚问什么价钱。

收银小姐报价：通铺六元，房间有十个床位，八个床位和六个床位三种，分别是八块钱，十块钱，十二块钱。

陈求坚说，买八个床位的房间。

车站这些天修理下水道，停水三天。304房八张单人铺，靠东面三张床住着三条东北汉子，他们说来海南闯世界。白天，他们在海口炎热的天空下奔波了一整天，衣服汗透，晚上又没有水冲洗澡，到了夜间，臭汗味散发开来，与袜子臭味掺和在一起，不足二十平方米的房间，臭气熏天。

陈求坚头一天进来，床单刚换过。但是洗洁工人洗床单时，没冲洗干净，洗衣粉的臭味还留存在床单上。蚊帐大概好长时间没有用过了，霉味很浓。据说，来海南闯世界的人大都有此经历。陈求坚过去没有过这个经历，现在却经历了。他和衣躺在床上，眼睛盯着黑黄的天花板，思绪特乱。但因为已经两天一夜没有合上眼，实在困得不行，还是睡着了。

陈求坚睡到上午九点四十分才起床。他提着空水桶去找服务员。好说歹说，服务员勉强同意他从值班室的大水缸里打一瓢水。他很高兴，至少把牙刷了，把脸洗了。

三十二

　　陈求坚步行去龙舌坡人才交流市场。这天各招聘单位张榜公布录用人员名单。他走到海口宾馆东北角时，远远看见王辛夫和王萍手拉手从海口宾馆出来，走向停车场，钻进了王辛夫的奔驰轿车里。实在是太巧合，就像小说里常看到的那种巧合，王辛夫的奔驰轿车刚开走，伊松的凌志轿车就稳稳当当停在了王辛夫的车位上。

　　陈华先下车。他走到车的右侧为伊松打开车门。伊松下车后，挽住陈华的手臂，双双走进海口宾馆。

　　陈求坚显然是轻蔑地笑了笑，他心里在问：我真的是落伍了吗？

　　他沿着海府路慢慢走，人才交流市场还是人山人海。陈求坚径直走向张榜栏。海南永盛纸品彩印厂已经公布录用名单，第一个就是陈求坚，而且在陈求坚的名字后面的括号里写着"厂长"二字。他很高兴。他松了一口气，吃饭住宿的问题解决了。

　　陈求坚离开了张榜栏。但是走出去几步，他又返回来。他想看一看《海南特别报》录不录用他。他被录用了，而且才录用他一个人。

　　陈求坚犹豫起来。就像一九九二年二月九日来海南之前一样犹豫。他在人才交流市场的门口徘徊着。他反复问自己：你是经商的料子吗？你是当厂长得料子吗？到底哪一条道更适合你呢？他思想斗争得非常激烈，一直到人才交流市场关门的铃声响起来，他才坚定地走向那家报社招聘点，认认真真地签下了录用合同。

三十三

从人才交流市场出来后，陈求坚依旧沿着海府大道走。他开始用记者的眼光去观察这座滨海城市所发生和将要发生的一切了。

走着走着，一辆本田 125 型摩托车刹停在他的跟前。抬头看，是章丽小姐。陈求坚笑道："哎哟，怪威风的呀！我当是谁，原来是章部长大人。哦，咋不开轿车呢？"

章丽冲着陈求坚很潇洒地笑了笑说："卖掉了。包括那幢小别墅。"

陈求坚故意装出惊讶的表情，说："干啥呢？"

章丽说："辞职了。现自办公司，叫海南时代化妆品有限公司。"见陈求坚没什么反应，她问："有兴趣吗？一起干吧！"

陈求坚不再犹豫不决，他说："我根本不是经商的料。这是真话。"

章丽说："又拿起笔了？"

陈求坚问："你咋知道？我刚决定。"

章丽取下手套，她和陈求坚握了握手，说："我去了人才交流市场。两个单位聘你，但我判断，你应该重操旧业。因为这才是你的专长。"

陈求坚："章秘书就是厉害。"

章丽说："祝贺你！一个人能够认识自己有多么重要呀！"

陈求坚笑笑，不说什么。

章丽右脚重重踏下摩托车启动踏扳，留下一股油烟走了。

陈求坚走到街道旁的树荫下，看着深邃蔚蓝的天空，他自言自语道：没想到，走了一个大圈之后，还是回到了原点。